海賊のソガイ 2

背後から抱き締められて、
するするとシャツの裾をズボンから抜き出される。
いつの間にか布巾はカウンターに放り出されていた。
「んっ……」
ちゅっ、と音を立てて項にキスをされ、びくりと体が震える。
噛み痕を辿るように舌を這わされると、力が抜けた。

海賊のツガイ2

天野かづき

22488

角川ルビー文庫

目次

海賊のツガイ2　五
海賊のツガイ2〜番外編〜　一六七
あとがき　二〇一

口絵・本文イラスト／蓮川愛

夜風に雲が散らされ、空には美しい三日月が微笑《ほほえ》んでいる。

長い宴《うたげ》を終え、冬弥《とうや》は番《つがい》であるキルクスとともに今夜の宿である納屋《なや》の二階へと上がった。

あまり酒が得意ではないというリキッドの妻に付き合って茶を飲んでいたため、宴会《えんかい》後ではあるが足取りは確かだ。

ランプで照らされた室内はきれいに片付けられており、水差しなども用意されている。今夜二人が泊《と》まるからと、リキッドたちが整えておいてくれたのだろう。

「窓開けていい？」

「ん？　ああ、いいぞ」

キルクスの返事をきいて、冬弥は少し歪《ゆが》んだ木枠《きわく》に手を掛《か》ける。力を入れて押すと、窓がゆっくりと外に開いた。

眼下に広がるのは、暗い夜の海だ。

潮風が頬《ほお》に心地《ここち》いい。

ここは、一見どこにでもあるような小さな漁村だ。宴会が終わったあとの時間帯ということもあり、灯《あか》りの点《つ》いている家はほとんどない。

こうしていると、ここが異世界だということなど忘れてしまいそうになる。ごく普通《ふつう》の田舎《いなか》の漁村に、旅行にでも来たような……。

冬弥がこの、生まれ育った場所とはまるで違《ちが》う異世界へとやってきたのは、今から二ヶ月ほど前のことになる。

日本では、秋が深まりつつある頃《ころ》のことだった。ストーカーから逃《に》げている最中、池に落ちたはずが、いつの間にかこちらの海で溺《おぼ》れていたのである。

そしてその溺れていた冬弥を助けてくれたのが、キルクスだ。キルクスは、ウェナティクス号という海賊《かいぞく》船の船長で、たまたまその海域を通りかかったらしい。

キルクスに出会い、冬弥は自分がΩ《オメガ》という聞いたこともない性を持つことを知った。

この世界には、自分の知らない三つの性別があり、それは、α《アルファ》・β《ベータ》・Ωと呼ばれている。だがそれとは別に、冬弥にもなじみ深い、男女という性別もある。αの男、αの女というように、合計で六つもの性別があるのがこの世界だった。

βは、冬弥の知る他《ほか》の人間と変わらないが、αはすぐれた容姿と肉体を持ち、他の性を支配する。そして、Ωは男女ともに妊娠《にんしん》が可能で、ヒートとも呼ばれる発情期があり、その時期はフェロモンによってαやβを強く誘惑《ゆうわく》する。

また、αとΩの間には、番と呼ばれる結びつきがあり、それは発情期のΩの項《うなじ》に、αが噛《か》みつくことで成立する。その際の歯形は生涯《しょうがい》消えることなく、それ以降Ωのフェロモンは通常、番となったαにしか効かなくなる。発情期の狂《くる》おしいまでの性欲を収めることができるのも、番であるαだけだ。

ここでは、冬弥はΩの男であり、そして、キルクスはαの男だった。

初めてαに出会ったからなのか、それともそういう時期だったのか、冬弥はヒートを起こし、二人は出会ったその日に、お互《たが》いの番となったのである。

だが、冬弥のほうは最初から納得《なっとく》したわけではない。自分の性別のことも、わけが分からないままキルクスに抱《だ》かれ、番にされたことも……。

だが、キルクスと過ごすうちに、冬弥の気持ちは少しずつ変化していった。最終的に、一緒《いっしょ》にいることを選んだのは冬弥自身だ。

この二ヶ月を思うと、まだそれしか経《た》っていないのかとも思うし、もうそんなに経ったのかとも思う。不思議な感覚だ。

今でも、こうして自分が異世界にいることが、ときどき不思議に思える。すべて夢なのではないかという気もして……。

「なんてな……」

「どうかしたか？」

「いや、なんでもない」

自分の思考に苦笑《くしょう》しつつ、冬弥は室内へと視線を戻《もど》す。

室内には、灯りを絞《しぼ》ったランプが一つだけあり、寝台《しんだい》に腰掛《こしか》けたキルクスの姿を照らしていた。

「リキッドさんたちはもう寝《ね》たかな」

「多分な。あの人があんなに酔《よ》っ払《ぱら》ったとこ、初めて見たぜ」

言いながら、キルクスが愉快《ゆかい》そうに笑う。

リキッドは、伝説の海賊と言われる男で、キルクスが以前乗っていた船の船長だった。今はもう引退し、この漁村で暮らしている。このことを知るのは、リキッドの跡《あと》を継《つ》いだキルクスとその仲間、そして、リキッドとともに船を下りた者たちのみだという。だからこそ、こうしてのんびりとしていられるのだろう。

今回は、あらためて先日の礼を言いに寄らせてもらったのだ。攫《さら》われた自分を救うために、リキッドが大きく尽力《じんりょく》してくれたとは聞いていたし、できることならば直接礼を言いたかったから、それが叶《かな》ったことはよかったと思う。

だが、キルクスの番が無事に戻ってきた祝いだと、思わぬ大宴会が始まってしまったことには驚《おどろ》いた。

リキッドとしては、自分の跡を継いだキルクスが、無事に番を得たことがそれだけうれしかったらしい。

この世界では、Ωの数が激減しており、αが番を得ること自体が、非常に難しくなっているのだという。

実のところ、冬弥がこの世界に来たのも、バルクークという国が、皇子の番にするためのΩを召喚《しょうかん》しようとしたせいだと聞いている。

結果的に、召喚は失敗し、冬弥はバルクークではなく近海に現れ、近くを航行中だったキルクスに助けられることになったのだが……。

それでよかったと思う。自分の番が、キルクスでよかった。

二ヶ月前には、自分がこんなふうに思うことなど、想像もできなかったけれど……。

小さく苦笑をこぼし、冬弥はそっと窓を閉めた。波の音が遠くなる。船の上でいつも聞いている音だ。

「明日《あした》からはまた海か……」

「なんだ？　いやなのか？」

冬弥の呟《つぶや》きに、キルクスが問う。

「いやじゃない」

冬弥は頭《かぶり》を振《ふ》って、キルクスの向かいに腰掛けた。

「ここに来てから海の上にいることのほうが多いくらいだし、むしろ離《はな》れてるのはちょっと不安って言うか……」

「――不安、か」

「キルクスは心配じゃない？」

「ラウザとロシュを残しているからな。まぁ大丈夫《だいじょうぶ》だろう。今夜の宴会のことで、恨《うら》み言の一つくらいは言われそうだが」

その言葉に、冬弥は小さく笑い声を立てた。

ラウザは副船長、ロシュは航海長だ。海賊は皆《みな》酒が好きだと言われているが、ラウザはその中でも格別だから、確かに悔《くや》しがりそうだ。

そんなことを考えていると、不意にキルクスが立ち上がる。

つられるようにして視線を上げると、そのまま肩《かた》を軽く押され、冬弥の上半身はベッドに倒《たお》れ込んだ。

「き、キルクス？　お前まさか……」

「なんだ？」

そう尋《たず》ねつつも、キルクスの手は、冬弥の腰へと伸《の》びている。ベルトを外されそうになり、冬弥は咄嗟《とっさ》にキルクスの手を上から押さえつけるようにして止めた。

「こんなところで、するつもりじゃないよな？」

「こうして、お前を抱くことのできる機会を俺が逃《のが》すと思っているのか？」

「だ……っ」

直接的な言葉に頬《ほお》が熱くなる。思わず怯《ひる》んだ隙《すき》を突《つ》くように、ベルトが抜《ぬ》かれた。

「キルクスっ」

「明日からはまた海だと、お前も分かっているだろう」

先ほどの会話を繰《く》り返されて、それはそうだけどと、冬弥は口ごもる。

キルクスとは、発情期以外船での性行為《せいこうい》はしないと約束している。船の中は狭《せま》く、個室を持つのもキルクスと、ラウザ、ロシュの三人だけだ。

そんな状況《じょうきょう》のため、船員たちの恋人《こいびと》を乗船させることは、停《てい》泊《はく》地で他の乗員が船を下りているときなどを除き、禁止している。

そんな決まりがあるのに、自分たちだけが行為に耽《ふけ》るのは、さすがに申し訳が立たないし、船内規《き》範《はん》上もよろしくない。声も漏《も》れるだろうし、冬弥だっていやだ。

だからこそ、今のように船を離れているときは、求められることも多いのだけれど……。

「ここ、リキッドさんの家なんだぞ？」

「分かっている。それがどうした」

「どうしたって……」

「リキッドはもう寝てる。それに、もし俺がここでお前を抱かなかったとしても、周りは抱いたと思うはずだぞ」

「いやすぎる……って、ちょっ、待てって」

「待たない」

どこかからかうような、楽しげな口調でそう言うと、キルクスは次々に冬弥の服を脱《ぬ》がしていく。

「キルク……ん……ッ」

再び文句を言おうとした口は、キスで塞《ふさ》がれ、開いた唇《くちびる》の間から舌が入り込んでくる。

ねっとりと口腔《こうこう》を舐《な》められて、ぴくりと体が震《ふる》えた。キルクスの舌が冬弥の舌を搦《から》め捕《と》ろうとするかのように動く。

そうしてキスに気を取られているうちに、冬弥はすっかり裸《はだか》にされてしまった。

その裸の胸元《むなもと》に、キルクスの手が伸びる。

「ふっ……んぅ」

ゆっくりと胸全体を軽く揉《も》むように撫《な》でられて、鼻から抜けるような声が漏れた。キルクスに散々可愛《かわい》がられている胸は、自分でも驚くほど刺激《しげき》に敏感《びんかん》になってしまっている。

まだ触《ふ》れられたわけでもない乳首《ちくび》が、まるで触れて欲しいと訴《うった》えるかのようにツンと立ち上がっていた。

「あっ……んんっ」

キスがほどかれ、自分とキルクスの唾液《だえき》で濡《ぬ》れた唇が、その尖《とが》りへと触れる。

軽く吸われただけなのに思わず高い声がこぼれ、冬弥は慌《あわ》てて自らの手で口元を覆《おお》う。こうなった以上拒《こば》めるものではないとは分かっていても、さすがに大声を出すのは憚《はばか》られた。

そんな冬弥の行動に気づいたキルクスが苦笑《くしょう》をこぼす。

「気にする必要はないと思うがな」

「ん、ん……っ」

言いながら、キルクスは再び乳首を攻《せ》め始める。片方をゆっくりと吸い上げながら、もう一方を指で押し込むように撫でる。

じわじわと快感が広がり、足の間がとろりと蕩《とろ》けていくのが分かる。

発情期でもないのにキルクスの——番《つがい》のものを欲しがって濡れる体に、未《いま》だに羞恥《しゅうち》を覚えてしまう。

当然だろう。この世界に来るまでは、冬弥は自分のΩとしての性など知らずにいた。体も、普通《ふつう》の男と変わらなかったはずだ。

どういう原理なのかは分からない。こちらの世界に来たこと自体が原因なのか、それとも、キルクスというαに出会ったためなのか、自分の体はすっかり変わってしまった。

中から濡れ、そこにキルクスのものを入れて、いっぱいにして欲しいと望んでしまう。

それは認めざるを得ない事実だった。キルクスのことを好きだと自覚してからは、否定する気持ちはなくなっている。けれど、それと羞恥心は別物で……。

「ん、ぅ……っ、んんっ」

胸を弄《いじ》られているだけで、ぐずぐずと溶《と》け出す体はやはり、どうしようもなく恥《は》ずかしい。

しかもそれは、抱《だ》かれる回数が増えるたびに、ますます酷《ひど》くなっているような気がした。今度こそキルクスに呆《あき》れられないだろうかと、心配になるほどに。

けれど……。

「ふぁ……っ」

突然《とつぜん》、足の間に手が入り込んできて、冬弥は濡れた声をこぼした。

「もうこっちも、とろとろになってるな」

にやりとうれしそうに笑う顔を見て、羞恥と同じくらい安堵《あんど》する。キルクスがうれしそうだからいいか、なんて思う日が来るなんて……。

「あ、んっん、んぅっ」

片方の膝《ひざ》を立てながら開かれ、中に指が入り込んでくる感触《かんしょく》に、慌てて再び口元をぎゅっと押さえる。

濡れた場所を開くように指が動く。快感と、期待に摑《つか》まれた膝が震えた。指が動けば動くほど、水音は酷くなる。ぐちゅぐちゅと、空気と水が擦《こす》れるような、泡立《あわだ》つような音がしている。

欲しくて欲しくて、堪《たま》らなくなる。

「キ、ルクス……も、入れて……ぇ」

小さく抑《おさ》えた声は、まるで甘えるように響《ひび》く。恥ずかしい。けれど、体はもう、これ以上待てないと訴えていた。

キルクスは一度起き上がり、残っていた服をすべて脱ぎ捨てる。早く欲しくて仕方がないのに焦《じ》らされているようで、冬弥は踵《かかと》をシーツに擦りつけるようにして、自らまだ立てられていなかったほうの膝を立てた。

「誘《さそ》うのが上手《うま》くなった」

キルクスはすでに半立ちだった自らのものを、見せつけるように数度手で擦ると、冬弥に覆い被《かぶ》さってくる。

膝の裏に手を掛《か》けられて、開かれた場所に熱が触れた。

「っ……」

期待にきゅうっと窄《すぼ》まった場所から、とろりと粘液《ねんえき》がこぼれ落ちる。

「そんなに欲しかったか？」

情欲に掠《かす》れた声で言われて、背筋がぞわりとする。口元を押さえた手の下で、冬弥は一度唇を嚙《か》み、キルクスを軽く睨《にら》んだ。

「分かってる、くせに……っ」

キルクスは軽く目を瞠《みは》り、はは、と声を立てて笑う。そして……。

「あぁ、分かってる」

「ひ、ぁ……っ」

割り開くように、突き入れられて、堪《こら》えきれずに声がこぼれた。

「こんなに、締《し》めつけられちゃなぁ」

「ッ……ん、ん、んぅっ」

抜き差しを繰り返しながら、少しずつ奥まで入り込んで来る熱に、溶かされる。

締めつけても、とろとろに濡れた場所は、キルクスを拒むことはない。内壁《ないへき》を擦られる感触は、快感だけを伝えてくる。

もう気持ちがよすぎて、おかしくなりそうで……。なのに。

「ン――――……！」

深い場所を突かれて、強い快感に目の奥がちかちかと明滅《めいめつ》した。

がくがくと体が震え、遅《おく》れて、自分が中だけで絶頂に達してしまったことに気づく。

全力疾走《しっそう》をしたあとのように呼吸が乱れる。心臓がドクドクと激しく鳴って、口元を押さえていたせいかくらくらと目眩《めまい》がした。

けれど……。

「あ、んっ、あ、ま、待て……っ、今、だめ……っ」

まだ余韻《よいん》に震える中を、激しく攻め立てられて、冬弥はゆるゆると頭《かぶり》を振《ふ》る。

「こんなにぎゅうぎゅう締めつけておいて、我慢《がまん》しろってのが無理だろが」

「ひ……あ、あ、あぁっ！」

声を堪えたいのに、手に力が入らない。堪えられないまま、揺《ゆ》さぶられるままに声がこぼれていく。

そうして、やがてキルクスが深い場所で絶頂を迎《むか》えるのを感じて、冬弥もまた快感に果てたのだった……。

◆

「っ……」

窓の外で、剣戟《けんげき》の音が響いている。

遠距離《えんきより》攻撃《こうげき》のほとんどは魔法《まほう》に頼《たよ》っている世界だが、近距離での戦闘《せんとう》がないわけではない。

特に今のように接舷《せつげん》し、相手の船に乗り込んだあとは、魔法が使われることは少ないようだ。

船はそれだけで重要な財産であり、できるだけ傷つけずに奪《うば》うほうが、高値がつくからだと聞いていた。

正直、自分も海賊《かいぞく》の一員だとは言え、海賊行為《こうい》にはまだまだ抵抗《ていこう》がある。海賊である以上、他《ほか》の船を襲《おそ》って略奪《りゃくだつ》を行うことを生業《なりわい》としていることは分かっている。ウェナティクス号の標的は主に商船で、護衛船と戦闘になることも多い。

暴力も好きではないし、略奪を生業にするということ自体が、ここに来る前の冬弥にはあり得ない選択肢《せんたくし》だった。

キルクスや仲間たちとの関《かか》わりによって、船での生活には慣れつつあるけれど……。

「こればっかりはな……」

キルクスが残虐《ざんぎゃく》な男でなくてよかった、とは思う。

もしキルクスが、乗員は全員殺すというような、もしくは奴隷《どれい》として売りさばくというような男だったなら、番《つがい》にされたところで好きになることはなかっただろう。

それとは別に、戦闘中は船長室でじっとしている他ない自分を歯がゆくも思う。

仲間に迎えられておきながら、結局自分だけは安全な場所にいることが申し訳ない。

だが、足手まといというだけでなく、自分がΩであるということからしても仕方のない処置なのも分かっている。

本来ならば、番を得たΩは、番であるαにしか反応せず、Ωという性の最大の特徴《とくちょう》である妊《にん》娠《しん》に関しても、番以外には意味を成さないはずだった。

だが、冬弥を召喚《しょうかん》したバルクークは、未《いま》だ冬弥をあきらめてはいないようなのである。

それは、バルクークで研究が進んでいる、番でなくとも妊娠を可能とする技術が確立されたせいではないかと、キルクスは言っていた。

あの国ならば、それくらいはする、と。

キルクスはバルクークの生まれらしいが、いい思い出はないのだろう。懐《なつ》かしそうにしているところなど見たこともなかった。

この船、ウェナティクス号がキルクスの家であり、仲間こそが家族だと言って憚《はばか》らない。

「家族、か……」

呟《つぶや》くと、ため息がこぼれた。

自分も、船員たちを仲間だとは思う。けれど、家族という言葉にはやはりまだ違和感《いわかん》があった。彼らとの時間を確かに楽しいと感じながら、どこか淋《さび》しさというか、空々しいような、そんな気持ちを覚えることがある。それもやはり海賊としての働きが、できていないことへの申し訳なさに起因している気がする……。

つまり、船員たち側ではなく、自分のほうの問題だろう。

「こんなんじゃだめだよな」

自分を叱咤《しった》するように呟く。しばらくして、船長室のドアが開いた。

「終わったぜ！」

そう声をかけてくれたのは、パセルという男だ。甲板清掃《かんぱんせいそう》や洗濯《せんたく》などをしている陽気な男で、ここに来たばかりのときに世話になった。今もよく話をする相手の一人である。近頃《ちかごろ》は敬語を使うこともなくなっていた。

「怪我《けが》人は？」

立ち上がりながら尋《たず》ねると、パセルは何人かの名前を挙げる。

「でもたいした怪我じゃないぜ」

話をしつつ、部屋を出て甲板へと向かった。そこに怪我人が集められているはずだ。

「むしろ、乗ってたやつらのほうがなぁ……」

「抵抗が激しかったのか？」

「いやー、そうじゃなくてさ、奴隷が乗ってたんだけど、あんま扱《あつか》いがよくなかったみたいでさぁ……」

軽く眉《まゆ》を顰《ひそ》めるパセルも、よく見れば肘《ひじ》の下あたりに打撲《だぼく》のような赤いあとがある。

「パセル」

「ん？」

冬弥が立ち止まるとパセルも止まり、振り返った。冬弥はパセルの肘を軽く摑《つか》み、赤くなっている部分に触《ふ》れた。ゆっくりと、撫《な》でる。

「こんくらいいいのに」

「だめだって。痛くないわけじゃないだろ？」

軽く睨みつつ手を離《はな》すと、そこはもう何もなかったかのように、いつものパセルの肌《はだ》になっていた。

「あんがとな」

「これくらいしかできないし」

「すげーことなのになぁ」

パセルは冬弥の言葉に納得《なっとく》いかないというようにこぼしつつ、傷のあった場所を撫でると、再び甲板に向かって歩き出した。

「その上、料理も頑張《がんば》ってくれててさ、みんな姐《あね》さんに感謝してるよ」

「姐さんはやめろって」

そう苦笑《くしょう》しつつ、少しでも役に立っているならいいと思う。

冬弥自身は、自分の力がどの程度のものなのかよく分かっていない。ただ、この世界にきてから、自分にはいわゆる治癒《ちゆ》魔法というものが使えることが分かった。

もともと、Ωとαはほとんどの者が魔法を使えるのだという。βにも使える者はいるが、αなどに比べるとその力は随分《ずいぶん》弱いらしい。

ここに来た当初、冬弥は当然、自分には魔法など使えないと思っていた。キルクスも、異世界から来たならばΩでもそういうことはあるのだろうと納得していたようだったのだが、あることがきっかけで冬弥にも魔法が使えることが分かったのである。

それが、治癒魔法だ。

現在はまだ練習中で、直接触れなければ癒《い》やせないし、力の加減を間違《まちが》えて無駄《むだ》な魔力を使ってしまうことも多い。けれど、治らないよりはずっといいだろう。

ともかく、現在の冬弥の仕事は、主に厨房《ちゅうぼう》での食事作り。そして、たまの治癒魔法師といったところだろう。

甲板に着くと、そこは人と物で溢《あふ》れていた。戦利品を運び込んでいるところなのだろう。パセルに案内されるまま、冬弥は怪我人の下《もと》に行き、治療《ちりょう》を開始する。

「手間かけさせてわりぃな」

「いえ、これくらいしかできないですから」

パセルに返したのと同じように返しつつ、切り傷や火傷《やけど》などの怪我を治していく。触れなければ治せないという制約のせいで、どうしても痛い思いをさせてしまうことが申し訳ない。

もっと、魔力の制御《せいぎょ》が上手《うま》くなれば、触れなくとも治せるようになるらしいのだが……。

そうして、最後の一人の治療が終わる頃《ころ》になって、キルクスが甲板に姿を現した。ラウザやロシュも一緒《いっしょ》だったが、その隣《となり》に見慣れぬ人物がいる。

年の頃は四十手前といったところだろうか。薄汚《うすよご》れた貫頭衣《かんとうい》のようなものを身に纏《まと》っている。

「お前ら、よく聞け！」

誰《だれ》だろうと思っていると、ラウザが声を張り上げた。

「これから、このウェナティクス号はシナジに向かうことになった。そこで奴隷たちを下ろす。ホーシングはそのあとだ」

どうやら姿が見えなかったのは、奴隷として乗せられていた人間たちを下ろすための航路の確認《かくにん》などをしていたためだったようだ。おそらく今隣にいる男も奴隷の一人だろう。代表者として、話を聞いていたのかもしれない。

シナジは初めて耳にする地名だったが、ホーシングは知っている。海賊たちを受け入れている特殊《とくしゅ》な港で、物品を売りさばいたり、船の修理をしたりするために、寄港したことがあった。

今回もそちらに向かう予定だったが、その前にシナジとやらに寄ることにしたらしい。

「何か質問はあるか？」

「あ、あの……っ」

キルクスの言葉に、声を上げたのは、意外な人物だった。

全員の視線が、声の主に向かう。それは、まだ幼い少年だった。どうやら奴隷たちの一人らしいが、周りの奴隷たちの戸《と》惑《まど》っている様子からして、全員の同意の下《もと》で声を上げたわけではなさそうだ。

少しうねりのある赤みがかった髪《かみ》に、濃《こ》い茶色《ちゃいろ》の目。その目は確かに怯《おび》えながらも、懸命《けんめい》にキルクスを見つめている。

「俺……俺をここで働かせてもらえませんか？　俺は親も死んでて、行く場所がないんです」

その声は酷《ひど》く震《ふる》えていて、かわいそうなほどだった。

船員たちは顔を見合わせて、それからキルクスを見る。ここで答えを出すのはキルクスであり、他《ほか》の者はそれに従うだけだと、分かっているのである。冬弥もまた、キルクスを見つめた。

キルクスは、それらの視線を気にした様子もなく、ただ首を横に振《ふ》る。

「お前は船に乗るにはまだ歳《とし》が足りない。親が死んでいても、国に戻《もど》れば親類の一人もいるだろう」

静かではあるが断固とした口調だった。

少年は怯《ひる》んだように肩《かた》を揺《ゆ》らす。けれど、一度は下げた視線を、再び持ち上げると訴《うった》えるように言う。

「俺の母さんは奴隷《どれい》だった。父親もいない。だから、どこの出身かも知らないし……親戚《しんせき》なんて、いない、です」

ぎゅうっと、自分のボロボロの服の胸元《むなもと》を摑んで、苦しそうに口にした少年に、キルクスは少し考えるように沈黙《ちんもく》した。少年は、怯むことなくキルクスの目を見つめ続けている。

一体どうする気だろうと、冬弥は内心ハラハラしつつ二人を見比べていた。

両親もおらず、親戚どころか自分の故郷すら知らない。そんな少年を放《ほう》り出すような男ではないと思うけれど……。

「――度胸はあるようだな。名前は？」

「に、ニコロ、です」

「ニコロ、お前がどれだけできるか、俺に見せてみろ。ホーシングに着くまでは様子を見てやる」

やがてキルクスがそう言ったことに、冬弥は深く安堵《あんど》した。そして、それは当然ながらニコロも同じだったようだ。

「お、おい」

ぐらりと体を揺らし、倒《たお》れ込んだニコロを周りの男たちが抱《だ》き起こす。

冬弥は慌《あわ》てて彼らに駆《か》け寄ろうとしたが、近くにいた船員たちに止められてしまう。

「放してください」

「だめだ。近寄るな。万が一にもあんたを危険な目に遭《あ》わせるわけにはいかねぇ」

そう言われて、冬弥は驚《おどろ》いて動きを止める。

彼らが自分に何かするなんて、冬弥は咄嗟《とっさ》に考えもしなかった。だが、こちらは海賊《かいぞく》であり、彼らは奴隷という立場だったとしても、略奪《りゃくだつ》された側の船に乗っていた者たちなのである。

確かに、絶対に危険がないとは言いきれないのかもしれない。

「……軽率《けいそつ》でした。すみません」

そうしている間にも、ニコロが船員たちの手で運ばれてきた。

冬弥は医者ではないため、どこが悪いとか病名だとかは分からない。ただ、倒れ込んだときにぶつけたらしい額や、体中に残る痣《あざ》などを丁寧《ていねい》に撫でていく。

痩《や》せた腕《うで》は骨張っていて、とても栄養が足りているようには見えない。

ただ、妙《みょう》に呼吸が速いとか、ひどい熱があるとかいうようには感じなかった。いや、微熱《びねつ》程度はあるのかもしれないが……。

少なくとも、冬弥が触《ふ》れるうちに表情は随分安らかになった。

「疲《つか》れや緊張《きんちょう》のせいかもしれませんね」

「こんなちっこいのが船長に直談判《じかだんぱん》したんだから、たいしたもんだぜ」

いつの間にか近くに来ていたロシュとラウザにそう言われ、冬弥は曖昧《あいまい》に頷《うなず》く。だが、治癒魔《ま》法《ほう》というのは、怪《け》我《が》や病気に関係なく体を癒《い》やす効果があるとされている。寿命《じゅみょう》や、もう手の施《ほどこ》しようのない状態などでない限りは、きっと大丈夫《だいじょうぶ》だろう。

「しばらくは寝《ね》かせておいてやれ」

背後からそう声を掛《か》けてきたのはキルクスだ。

冬弥はじっとニコロを見つめ、頷いた。

「トーヤさん、大丈夫ですか？」

「あ、え？」

掛けられた声にハッとする。どこか心配そうな顔で冬弥を見ていたのは、厨房で働く仲間であるルイだった。

一体何が大丈夫じゃないのかと手元を見て、ぎょっとする。

「うわ、ごめん、塩砕《くだ》きすぎた」

宴会《えんかい》用の食事に使うために岩塩を砕いていたのだが、いつの間にか使う予定の何倍もの量を砕いてしまっていたらしい。

「別にいいですけど、やっぱり魔法を使ったから疲れてるんじゃないですか？」

「無理しなくても、指示だけしてくれりゃいいっすよ？」

ルイの言葉に続いてぼそぼそと、けれど心配そうに言ってくれたのはもう一人の同僚《どうりょう》であるサリドだ。

「大丈夫。ごめん、ちょっと考えごとしてた」

「考えごと、ですか？　何か心配事とか……」

「うーん」

小さく唸《うな》り声を上げ、残った岩塩と一緒に、砕きすぎた分の塩を壺《つぼ》に入れる。

「ニコロのことでさ」

「ニコロ……？」

「あ、そっか、二人は厨房にいたのか」

なら甲板《かんぱん》でのことはまだ伝わっていないのかもしれない。

あのあと、特に体調のすぐれない者という条件付きで、奴隷だった者たちの体調も見せてもらえることになり、冬弥は治癒《ちゆ》魔法を行使した。

それからすぐにこの厨房《ちゅうぼう》へ来たのだが、そのときにはすでに二人は下ごしらえを始めてくれていたのだ。

「実は、その奴隷だった人たちの中に小さい男の子がいてさ――」

甲板であったこと、ホーシングに着くまではとりあえず、身寄りがないそのニコロという少年の様子を見ることになったものの、体調不良で倒れてしまったことなどを説明する。

「そんなことがあったんですね」

「ああ。それで、体調も心配だし、気になって」

「それで心ここにあらずって感じだったんすね」

どうやら自分はよほどぼーっとしていたらしい。

「ほんとごめん。集中しないと危ないよな」

刃物《はもの》も火も扱《あつか》う以上、上の空で作業するのは危険だ。

謝罪した冬弥に、ルイが気にするなというように小さく頭《かぶり》を振った。

「その子大丈夫だといいですね」

「そうだな……」

キルクスは様子を見ると言っていたけれど、あれはつまり船員として使えるかどうかを見る、ということだろう。

だがあの体で、普通《ふつう》の新入りのように働くのはきっと難しいに違《ちが》いない。

本当なら、無理しないで欲しいものだが、働けないということになれば、船には乗せておけないだろう。海賊は慈善《じぜん》事業ではないのだから……。

「――あのさ、一つ相談なんだけど」

「なんですか？」

ルイは首を傾《かし》げ、サリドもまた先を促《うなが》すように冬弥を見つめている。

「ここで働いてもらうとか、難しいかな？」

「ここでですか？」

「ああ。ここなら、なんかあったときは体調を見てやれるし」

それに、厨房は自分がまだ慣れていないせいもあり、人手が充分《じゅうぶん》に足りているとは言えない。だが、人手を増やそうにも他《ほか》の体格のいい船員が入るには、ここは狭《せま》すぎるのだ。ニコロならば問題はないだろう。

「二人がいいなら、交渉《こうしょう》は俺がするから」

冬弥の言葉に二人は顔を見合わせた。そして、頷いてくれる。

「俺は、いいっすけど」

「俺もいいですよ。もちろん、船長がいいって言えばの話ですけど」

「あ、ありがとう！」

二人の言葉にほっとして、冬弥は胸を撫《な》で下ろした。

「ところでその子、いくつくらいなんですか？　船長が、歳《とし》が足りないって言ってたなら、十四にはなってないってことですよね？」

ルイの言葉に頷きつつ、冬弥は皮の剝《む》かれた野菜を手に取る。

ウェナティクス号に乗るには年齢《ねんれい》の制限が決められていて、それが十四歳だった。

「多分十歳とか……いってても十二歳くらいかな。栄養状態が悪くて発育が遅《おく》れてる可能性もあるけど」

歳を見た目で判断できるほど子どもに接していないため、はっきりとは分からないが、そのくらいに見えた。十四を超《こ》えているということはないだろうし、キルクスもそう判断したのだろう。

「十から十二歳ですか……」

「いくら身寄りがないとは言え、船長が認めるなんて珍《めずら》しいっすね」

「そうなんだ？」

冬弥がここに来て以降、新しく船に乗ってきた人間も、乗りたいと言ってきた人間もいない。だから、本来十四歳に達していない相手に対して、キルクスがどういった態度を取るものなのか、冬弥は知らなかった。

「断られるやつを見たことは何度かありますよ。というか、船長自身、リキッド船長に一度断られたと聞いたことがあります」

「そういえば俺もそれ、聞いたことあるな」

十四になってすぐ、リキッドの船に乗ったという話をしたときに、最初は断られたのだと言っていた気がする。

「体も随分《ずいぶん》弱ってたみたいだし、様子を見るって話なら、満足に動けるようになるまで待って、どこかで下ろすつもりなのか……それとも」

「赤ん坊《ぼう》の面倒《めんどう》を見させる算段かもしんないっすね」

「え？」

赤ん坊、という言葉に驚《おどろ》いて冬弥は目を瞠《みは》った。

「そっか、そういう可能性もあるんですよね」

けれど、ルイはサリドの言葉になるほどというように頷いている。

「ちょっと待って、あの、赤ん坊って、その、まさか……」

「もちろん、船長と姐《あね》さんのですよ」

「それ以外の赤ん坊が船に乗るなんてあり得ないっすから」

さらりと言われて、冬弥は言葉に詰《つ》まる。

自分と、キルクスの子ども……。

正直、未《いま》だに実感が湧《わ》かないのはそこだ。αやΩ、番《つがい》や発情期などの話についてはなんとなく納得《なっとく》してはいるものの、未だに自分が妊娠《にんしん》できる、というのは信じられないままでいる。

実際、今のところ特に何があるというわけでもない。

ひょっとすると、自分には妊娠する機能がないのではないかとも思うのだ。Ωだと言われても、日本にいたときはただの男として生きてきたわけで、その器官が未発達であったりする可能性も、あるのではないだろうか？

――あれ以来、発情期も来ていないし……。

別に来て欲しいというわけではないし、妊娠したいというわけでもない。

だが、自分がキルクスと一緒《いっしょ》にいるのは、Ωとして、キルクスの番としてであり、周囲は自分がキルクスの子を産むのが当然と捉《とら》えていると思うと、どうにも心苦しい。

いや、考えても仕方がない。

「と、とにかく、厨房で働くことについては訊《き》いてみるから、決まったらよろしく」

冬弥はそう言うと、これ以上考えまいと調理に没頭《ぼっとう》したのだった。

その日の夜のことだ。

「あ……」

「起こしたか？」

キルクスの囁《ささや》くような声に、冬弥は何度か瞬《まばた》きを繰《く》り返す。

天井《てんじょう》はぼんやりとしたオレンジ色で、これはおそらくランプの色だろう。夕日ならばもっと赤い。

襲撃《しゅうげき》後の常として、簡単な宴会《えんかい》が開かれたあと、冬弥は一足先に船長室へと戻《もど》っていた。

少し疲《つか》れが出たのか、腹が満たされた途端《とたん》眠《ねむ》くなってしまったのである。

キルクスには、だから無理をするなと言っただろうと心配されてしまったが、戦闘《せんとう》をしてきた船員たちに比べたらどうということのない仕事だろう。それに冬弥自身は、体内に治癒魔法《ちゆまほう》が巡《めぐ》っているせいで病気も怪我《けが》もしないという、特異体質だ。

少し休めばよくなるだろうと、寝台《しんだい》に横になったところまでは覚えているが……。どうやらそのまま寝《ね》ていたらしい。

「宴会は、終わったのか？」

「ああ、終わった。ラウザがしつこくてな……もう深夜だ。もう一度寝ろ」

言いながら、キルクスはランプを消すと、ベッドへと入り込んで来る。月明かりだけの室内は暗く、確かにこのまま瞼《まぶた》を閉じればまた眠ってしまいそうだった。

だが、その前に話さなければならないことがある。

「なぁ」

「うん？　どうした？」

「ニコロ、目が覚めたのか？」

「ニコロ……ああ、あいつか」

食事を持っていったときにはまだ眠っていた。あのあと食べられたならいいのだが……。

「報告は来てないから、まだ寝てるんだろう」

「そっか……」

本当は、様子を見に行きたかったけれど、眠っているなら起きてからのほうがいいだろう。ニコロは一人部屋にいるわけではないはずだし、仮にではあっても船に乗ると決まったからには何かあれば報《しら》せが来るはずだ。

「キルクス、あの子の処遇《しょぐう》についてなんだけど」

「なんだ？」

「厨房《ちゅうぼう》で、働いてもらうわけにはいかないか？」

「厨房でか？」

キルクスが寝返りを打ち、こちらを向いたのが分かった。

「ああ。厨房は……俺の実力不足のせいだけど、人手も充分とは言えないし、ルイとサリドはキルクスがいいならいいって」

「そうか……」

キルクスは少し考えるように沈黙《ちんもく》する。

「なあ、キルクス……」

不安になって名前を呼ぶと、ため息が返ってきた。

「冬弥がどうしてもと言うなら、しかたねぇな」

「じゃあ、いいのか？」

思わず肘《ひじ》を突《つ》いて上半身を半ばまで起こした冬弥に、キルクスが苦笑《くしょう》する。

「だが、直接の指導はルイにさせる」

「ルイに？」

それでは、ルイの負担が大きいのではないかと、冬弥は一瞬《いっしゅん》言葉に迷った。

「今は厨房で一番下なのはルイだからな」

「それは、そうだけど」

本来最後に入った自分が下《した》っ端《ぱ》になるべきだろうと思うが、調理を主に担当するのは自分であり、下ごしらえの主体はサリドである。

ルイは片付けや給仕《きゅうじ》などを中心に、調理補助という立場で働いてくれている。

確かに、ニコロの受け持つ仕事はルイのものに最も近いものになるだろう。

「ルイに、頼《たの》んでみる」

「いやとは言わねぇだろ」

「それは……そうかもしれないけど」

冬弥としては、自分が面倒を見るつもりで話をしていたから、ルイに負担がかかるのは本意ではない。

「変なとこ律儀《りちぎ》なやつだな」

「変じゃない」

むっとして言い返すと、笑いながら抱《だ》き締《し》められた。

「まぁそういうとこも嫌《きら》いじゃねぇけど」

その声が妙《みょう》に甘くて、気《き》恥《は》ずかしさに頬《ほお》が熱くなる。

「っ……もう寝るっ」

本当は、あの少年の処遇についてもう少し訊きたかったけれど、冬弥はそう言うとぎゅっと目を閉じた。

翌朝、目が覚めるとすぐに冬弥は船長室を出た。船内は昨夜遅《おそ》くまで宴会をしていたせいもあって、少しだけけだるげな空気だ。すれ違《ちが》う船員たちと挨拶《あいさつ》を交《か》わしながら、いくつか階段を上り下りして、厨房へと向かう。

中ではルイとサリドが、すでに昼食の下準備をし始めていた。献立《こんだて》は昨夜のうちに決めてあったため、それに使う食材を奥の倉庫から運び出してくれているところらしい。

「どうでしたか？」

「それがさ……」

挨拶のあとそう訊かれて、冬弥はキルクスからは許可が下りたが、ルイの下に付けるように言われたことを説明した。

「俺が面倒《めんどう》見ようと思ったんだけど、ごめん。ルイには迷惑《めいわく》かもしれないけど、大丈夫《だいじょうぶ》か？」

「ええ、もちろんです。むしろ俺は最初からそのつもりでしたよ」

「そうなのか？」

驚《おどろ》いた冬弥に、ルイはあっさりと頷《うなず》いた。サリドも驚いている様子はない。どうやら自分だけ認識《にんしき》がずれていたようだ。

「そっか……助かるよ。俺もできるだけ手助けはするから」

「ありがとうございます」

ルイの様子にほっとしつつ、冬弥は一旦《いったん》船長室の隣《となり》の部屋へと向かう。そこは集会所と呼ばれる部屋だ。といっても大勢が集まるわけではなく、主にそこにいるのは船長であるキルクスと、副船長のラウザ、航海長のロシュだ。司令室のようなものと言えばいいだろうか。

冬弥が顔を出すと、三人は今日の航路について話し合っているところだった。

邪魔《じゃま》をしてはいけないと思うのだが、手招かれるままにキルクスの隣に座る。話し合いに交ざるわけではないが、どうやら順調にいけば三日後の午後にはシナジに着くらしいことは分かった。

「それで、そっちはどうだったんだ？」

一通り話し合いがすみ、ロシュが出て行くと、キルクスが冬弥にそう訊《き》いてくる。

「ルイは構わないって」

「やっぱりな。ならすぐにニコロを連れていっていいぞ。あとはお前に任せる」

「うん、分かった」

「とりあえずホーシングに着くまでだけどな」

釘《くぎ》を刺《さ》すようにそう言われて、冬弥は言葉に詰《つ》まる。

キルクスはそんな冬弥に、少し困ったような顔をして笑った。

「ニコロです。よろしくお願いします」

そう言って、少年は深々と頭を下げた。

「ああ、よろしく。俺はルイ、こっちはサリド」

ルイの紹介《しょうかい》にニコロは神妙《しんみょう》な顔で頷き、もう一度頭を下げる。

あのあと、冬弥はすぐにニコロを迎《むか》えに行ったのだが、ニコロはすでに起きていた。体調も問題ないようだ。冬弥が厨房で働いてもらうことになったと説明すると、今のように深々と頭を下げた。

「お前には、俺の下についてもらうよ。まずは、野菜を洗うところからだけど……刃物《はもの》の扱《あつか》いはどう？」

「少しなら」

二人の会話を聞きつつ、冬弥もまた昼食の支度《したく》を始める。

昼食はパンとスープと決まっているから、それほど手間はかからない。昨夜はたらふく酒を飲んだ者もいるだろうからと、あっさりとした味のものにした。

調理を進める間も、冬弥はニコロたちの様子を見ていたが、ニコロはよくルイの話を聞き、素《す》直《なお》に頷いている様子だ。

これならば上手《うま》くやっていけそうだなと、そう思ったのだが……。

それはスープができあがり、配膳《はいぜん》をしていたときだった。食事は各々《おのおの》手の空いたものが取りに来る形式なのだが、キルクスと、ラウザ、ロシュ、そして冬弥のものだけは集会所に運ぶことになっている。それにプラスして、今は元奴《ど》隷《れい》たちの分も運ぶことになっていた。

その準備をしていたのだが……。

「ひっ……」

物のぶつかる鈍《にぶ》い音と、水音がして、冬弥はハッと音のしたほうへと振《ふ》り返る。

どうやらスープの入った器《うつわ》を取り落としたらしい。

「も、申し訳ありません！」

真っ青になったニコロが這《は》いつくばるようにして頭を下げるのを見て、冬弥は慌《あわ》てて駆《か》け寄った。

「どうした？　――何があったんだ？」

そばにいたルイに訊く。

「い、いえ、単に器を落としただけですよ、ほら、立って」

ニコロはルイの言葉に慌てたように立ち上がった。

「申し訳ありません……っ」

「そんなにあやまらなくても大丈夫だって。怪我《けが》はしてないか？　火傷《やけど》とか」

ぶんぶんと頭《かぶり》を振るニコロにほっとする。だが、冬弥は念のため確認しようと、ニコロの手を取った。

腕《うで》にはいくつもの古傷があったものの、怪我はないようだ。だが、そうして様子を見る間中、ニコロはまるで何かを堪《こら》えるように体を強《こわ》ばらせていた。

「大丈夫そうだな」

そう言って手を離《はな》すと、驚いたようにこちらを見つめてくる。

「どうかしたか？」

「い、いいえ……」

何か問いたげにも見えたが、促《うなが》しても何も言う気はないようだ。気になったが、その後すぐに食事を取りに来た者がいたため、うやむやなまま、冬弥は新しく用意されたトレイを持たされて厨房《ちゅうぼう》を出ることになってしまった。

まずはキルクスたちに食事を運ばねばならないことは分かっていたので、仕方がない。

キルクスは、冬弥が厨房で働く条件として、キルクスたちに食事を運ぶ係を冬弥がすること、そしてそのまま共に食事を摂《と》ることを挙げていた。

それにしても、あの怯《おび》えようは気にかかる。

「……そんなに俺が怖《こわ》いのか？」

だとしたらショックではある。

だが、そうでなかったとしたら……？

思い出したのは、ニコロの体を見たときに目にした無数の傷跡《きずあと》である。その多くは古傷だったが、いくつかは治療《ちりょう》のされた様子もなく膿《う》んでいた。

そして、奴隷という言葉の重み……。

「失敗をしたら殴《なぐ》られるとか、そんなふうに思ってんのかな」

ひょっとすると、あの腕の古傷も、そうやって作られたものだったりするのだろうか？

そんなことを考えているうちに、集会所に着いていた。

声をかけると、ロシュが中からドアを開けてくれる。テーブルの上にトレイを置くと、ラウザが美味《うま》そうだと声を上げた。

「ニコロはどうだ？」

食事を始めるとすぐ、キルクスがそう訊いてくる。

「素直だし、ルイの言うことをよく聞いてくれてるよ」

「そうか」

「うん……」

冬弥の歯切れが悪いことに、キルクスはすぐに気づいたようだった。

「何か気になることでもあるのか？」

「うーん……それで、仕事に支障を来《きた》すとか、そういうことじゃないんだけど」

ニコロの評価を下げるのは本意ではない。そう前置きをして、冬弥は先ほどの出来事について、三人に話した。

「やっぱり、俺が殴るとか思ったのかな」

そういう人間に見られたのなら、正直ショックではある。

「別に、トーヤさんだからということではないと思いますよ」

ロシュの言葉に、他《ほか》の二人が頷《うなず》く。

「奴隷として生きてきたなら、暴力に晒《さら》されることは珍《めずら》しくもなかっただろうからな。罰《ばっ》を受けると思ったんだろう」

「奴隷の扱いは国によって違《ちが》うが、ひでぇとこはひでぇからなぁ」

ラウザが、苦々しい口調で言った。

「一度植え付けられた恐怖心《きょうふしん》は、立場が変わったところですぐにどうこうなるようなもんでもねぇからな。しばらくは仕方ねぇだろうな」

「そっか……まぁ、そうだよな」

キルクスの言葉に俯《うつむ》くように頷く。心理的外傷。いわゆるトラウマというやつだろう。

「それにしても奴隷かぁ……ひどい話だな」

思わずため息がこぼれてしまう。

「お前の世界には奴隷はいなかったのか？」

キルクスに訊かれて、冬弥は曖昧《あいまい》に頷く。

「いないとは言いきれないのかもしれないけど、世界的に禁止されてたよ」

実際のところがどうなのかは分からないが、少なくとも身近な存在でなかったことは確かだ。

「こちらでも、そういう国はありますがね」

「奴隷と変わらんような賃金で働かされてるってだけの気もするがなぁ」

ラウザがそう言うと、ロシュが苦笑《くしょう》した。

「とりあえず、ここは乱暴なやつも多いが、理不尽《りふじん》に殴られるようなことはない。そう覚えさせてやるしかねぇだろうな」

「ああ、そうだな」

キルクスに同意するように、ラウザが頷く。

ニコロは生まれたときから奴隷だったと言っていた。

ならば、その価値観から抜《ぬ》け出すのには、相応の時間がかかって当然だろう。

「じっくり、向き合ってみる」

そう言った冬弥に、キルクスは頷いて「頑張《がんば》れ」と言ってくれたのだった。

◆

ニコロが厨房で働くようになって、三日が経《た》った。

「ここ、汚《よご》れ残ってる」

「申し訳ありませんっ」

サリドの指摘《してき》に、ニコロが悲鳴にも近い声を上げる。サリドは閉口したようにそれ以上何も言わず、ため息を吐《つ》いた。

「サリドは怒《おこ》ってるわけじゃないよ。ちゃんとやり直せば大丈夫《だいじょうぶ》だ」

「は、はい」

できるだけやさしい口調で言ったけれど、ニコロは青い顔のままだ。

とはいえニコロ自身、サリドが理不尽な人間でないことを分かってはいるのだろうと思う。ただ、咄嗟《とっさ》に恐怖が先に立ってしまうようで、注意されるたびに身を縮こまらせている。

それがどうにもかわいそうに思えたが、だからといって過剰《かじょう》に甘やかすこともできない。

ここで仕事にならないようならば、ニコロは放逐《ほうちく》される可能性もあるのだから。

「急がなくていいから、丁寧《ていねい》にな」

「はい……」

肩《かた》を落として頷く姿に、また憐憫《れんびん》の情が湧《わ》く。

そんな調子であったから、シナジに到着《とうちゃく》したとき、冬弥は迷った。

物資の調達や、他の奴隷《どれい》たちを陸に下ろすための寄港だ。キルクスは下船することになっていて、当然冬弥も同行することになっていた。それはいつものことなのだが……。

下船するメンバーの中に、ニコロは入っていなかった。

「キルクス、相談なんだけど」

「なんだ？」

下船の準備の指示を出しながら、キルクスが問い返してくる。

「今回は、俺、船に残っちゃだめか？」

「――……だめに決まっているだろう」

キルクスは軽く目を見開いたあと、ため息を吐いてそう首を横に振《ふ》った。

「まぁ、そうだよな」

自分を狙《ねら》っていたバルクークの者たちが、今どうしているかも分からないのだ。キルクスのそばを離れることなどできるはずもない。

「変なこと言ってごめん」

さすがに無理なことを言ったと、冬弥は小さくため息をこぼしつつ、下船準備を手伝い始めた。

ニコロのことは、ルイたちに任せておけば心配ないはずだ。

特に体調が悪そうな様子もないし、自分がついていなくてはならない理由はない。

分かっているのに……。

「おい、下りるぞ」

「あ、ああ」

慌《あわ》てて頷き、冬弥はキルクスを追って船を下り、上陸用の小舟《こぶね》に乗り移った。

港はそこそこ賑《にぎ》わっていた。けれど、それほど大きなものではない。停《と》まっているのはほとんどが漁船らしき小さな船だ。

奴隷だった者たちは、ニコロを除いて全員ここで下ろされた。そのあとどうなるのか、詳《くわ》しいことを冬弥は知らない。

ただシナジが、奴隷たちの乗っていた船の船籍《せんせき》がある国とは別の国だということ、様々な人種の入り交じった土地であることを聞いていた。

彼らがどこか別の場所へ向かうのか、この港町で糊口《ここう》を凌《しの》ぐのかは分からない。それ以上は自分たちの関《かか》わることではないのだろう。

この数日間、奴隷たちとは多少なりとも関わりを持った。主に治療を施《ほどこ》すためにである。彼らは自分たちが殺されなかったこと、商品でなくなったことを喜ぶと同時に、不安《ふあん》に駆《か》られてもいるようだった。

それでも、自分にできることは彼らの多くが患《わずら》っていた怪我《けが》の後遺症《こういしょう》や、栄養失調などの体調不良を治すことだけで、その後の人生にまで責任を持つことはできない。

キルクスも、他の船員たちも、同じ考えのようだった。そして、元奴隷たちもそれが仕方のないことだと納得《なっとく》しているらしい。

こんなことしかできなくて申し訳ないと言った冬弥に、治療《ちりょう》を受けられて、食事もさせてもらって、ありがたいとまで言っていた。けれど、それが心からの……手放しの喜びと呼べるようなものでないことも分かっている。今後に対する不安は当然あるだろう。

だが自分が乗っているのは海賊《かいぞく》船で、当然だけれどボランティア活動をしているわけではない。

彼らのすべてを順番に故郷に送り届けてやるようなことは、できない。

――ニコロも不安なのだろう。

ホーシングまでは様子を見るということは、それまでの間に、自分が残ってもいいと言われるだけの成果を出さなければならないということである。

不安になって当然だ。

実は訊《き》いてみようか迷ったのだ。本当に、彼らと一緒《いっしょ》に下りなくてもいいのか、と。

けれど、それはきっと余計にニコロを不安にさせるだけだろうと、呑《の》み込んだ。

彼らと一緒に行きたそうな素振《そぶ》りがあれば、そのときにと思ううち、こうして到着してしまったのだが……。

とりあえず、自分が見ていた限りニコロは下りる気が本当にないように見えたし、それは一緒に働いているルイやサリドも同意見だった。

そんなことを思ううち、思考は今頃《いまごろ》昼食の片付けをしているだろうニコロのことへと移っていった。昨日、鍋《なべ》をかき混ぜている最中に、ニコロは軽い火傷《やけど》をした。今日は大丈夫だろうか……。

「冬弥？　どうした」

「え？」

声を掛《か》けられて、冬弥ははっとしてキルクスを見た。

「ごめん、何？」

「いや……考えごとか？」

「あ、あぁ、その……」

「ニコロか？」

その問いに思わず目を逸《そ》らし、これではそうだと言っているのも同然だなとあきらめて頷《うなず》く。

「本当に一緒に下りなくてよかったのかとか、怪我してないかとかさ、少し気になって」

「お前は、あいつを気に掛けすぎだ」

「そうかな？　いや、そうかもな」

よく分からない。だが、確かに少し過保護かもしれない。

しかし、その後の買い物中もついニコロのことばかり考えてしまい、気もそぞろなままいつの間にか宿へと到着していた。

「久々に二人きりだってのに、心ここにあらずって感じだなぁ」

「えっ」

ため息交じりの声に、冬弥はパチリと瞬《しばたた》く。ベッドに座ったキルクスが、うろんな目で自分を見つめている。

「俺、またぼーっとしてた？」

「またニコロのことを考えていたのか？」

そう訊かれて、思わず言葉に詰《つ》まる。キルクスの言葉は、的を射ていた。

「お前の番《つがい》は俺だって、分かってんのか？」

「分かってるよ」

ニコロとキルクスを同一線上に並べることなどもちろんできない。

だが、たとえキルクスでなかったとしても、誰《だれ》かといるときに余所事《よそごと》ばかり考えているのは、褒《ほ》められたことではないだろう。

「ごめん……悪かった」

そう謝罪すると、キルクスは仕方ないというように苦笑《くしょう》を浮《う》かべ、冬弥の腕《うで》を引いて隣《となり》へと座らせる。

「どうしてそんなにニコロを気に掛けるんだ？　ルイとサリドに任せておけば問題ないだろう？」

「それは、そうなんだけど」

どうしてだろうと、冬弥自身も思う。

自分よりあとに入って来た唯一《ゆいいつ》の船員であること、まだ随分《ずいぶん》と幼いこと、奴隷としての生き方を強《し》いられてきたニコロへの憐憫……。

理由は色々と考えられた。

もちろん、海賊である以上、他《ほか》の者たちの中にもきっと、重い過去を持つ人間はいるだろう。

けれど……。

「今船に乗っているみんなは、いつも楽しそうに見えるから」

海賊であること、ウェナティクス号の一員であることに、誇《ほこ》りを持っているようにも思う。

「けど、ニコロは、まだそうじゃないし――……」

そう言いながら、冬弥はあることに気づいて一瞬《いっしゅん》言葉に詰まった。

「どうした？」

「な、なんでもない」

冬弥は、慌てて頭《かぶり》を振る。

だが、本当はもう気づいてしまった。

『みんなは、いつも楽しそうに見える』

ごく自然に出た言葉だった。他意などない。思ったままを口にした。

けれど、だからこそそこに本心が表れた気がしてしまったのだ。

みんなは楽しそう——では、自分は？

自分はどうなのだ？

楽しくないわけでは決してない。キルクスのことは好きだし、大事にされているとも思う。

ルイやサリドとも上手《うま》くやっている。ラウザの豪快《ごうかい》さは気持ちがいいし、ロシュの気遣《きづか》いにはいつも助けられている。パセルとはもう友達だ。ルードともよく話をする。他の船員たちも皆《みな》やさしい。

仲間だと思っている。それは紛《まぎ》れもない事実だった。けれど、キルクスたちが言うように家族だとまでは思えていないのもまた事実だ。

自分だけがまだ、役目を果たせていないようなそんな気持ちが、一歩踏《ふ》み込むことを邪魔《じゃま》している。

いつからだ？　いつから自分はそんなことを思い始めた？

バルクークの船から助け出されたときは、踏み込めると思っていたはずなのに……。

分からない。だが、自分がそんなだからこそ、ニコロに対して、親身になっていたのかもしれないと、気づいてしまった。

ニコロは、自分にはどこにも行き場がないと言った。自分はそうではない。そうではない、はずだ。自分の居場所は、キルクスの隣。それでいいはずなのだ。

そんな自分でもこんなふうに不安になるときがあるのだ。ニコロはもっとずっと、心細いに違《ちが》いない。

「……ニコロに、居場所を作ってやりたい」

ここにいてもいいと、安心できる場所を。自分の居場所すら、どこか不安定に感じている自分が言うことではないかもしれないけれど……。

冬弥の言葉に、キルクスは苦い顔をした。そしてまた、ため息を吐《つ》く。

「冬弥はやさしすぎる」

「そんなこと……ない」

自らを投影《とうえい》しているだけだ。

作ってもらった場所にしがみつきながら、別の誰かの力になりたいなんて、烏滸《おこ》がましいとは思う。けれど……。

「だが、そういうところも愛《いと》おしく思えるから困ったもんだな」

「は？」

どこか暗い場所に沈《しず》み込むような気持ちでいた冬弥は、キルクスの言葉にポカンと口を開けた。

「惚《ほ》れたほうの負けってやつか」

「な、何言って……っ」

突然《とつぜん》恥ずかしいことを言われて、頬《ほお》が熱くなる。キルクスは苦笑して、赤くなった冬弥の頬を軽く摘《つ》まんだ。

「お前が悩《なや》む姿を見るくらいなら、俺が多少我慢《がまん》したほうがましだ。お前の気が済むまで、やりたいようにやってみればいい」

「……ありがと」

恥ずかしさに目を逸らしたままそう言った冬弥の頬から指が離《はな》れ、そのまま今度は手のひらで頬を包むようにしてキスされた。

こんなに大切にされて、それでも不安に思う自分の心はどうかしている。

だが……。

「あ……」

「なんだ？」

それは、無意識の行動だった。

抱《だ》き寄せられそうになった瞬間、冬弥はそれを拒《こば》むようにキルクスの肩《かた》を押していた。

「冬弥？」

やや不満げに名前を呼ばれて、ハッと我に返る。

「あ、や、その……夕飯、まだなのにと思って……」

咄嗟《とっさ》にそう言い訳を口にした。キルクスはそれを不審《ふしん》には思わなかったようだ。だが、手を止める気もないらしい。

「あとでいいだろう」

そう言うと、冬弥をベッドへと押し倒《たお》す。

冬弥も、本当に夕食が先だと思っていたわけではない。先ほどの自分の行動はなんだったのかと思いながらも、今度は素直《すなお》に受け入れた。

幾度《いくど》かキスを繰《く》り返しながら、ゆっくりと服を脱《ぬ》がされていく。シャツもズボンも、ブーツも下着も、一つずつ、一枚ずつ剝《は》ぎ取られながら、気持ちのいい場所を指が辿《たど》っていく。

こちらに来てから、何度キルクスと肌《はだ》を重ねただろう？　発情期以外は船の上ではしないという約束は、たった一度破られただけで、それ以外はずっと守られている。だから、回数自体はそう多くはないはずだ。

だが、冬弥の体でキルクスが触《ふ》れていない場所など、一つもないのではないかと思う。

「あ……っ、んっ」

首筋を舌が這《は》う。軽く肩を竦《すく》めると、ちゅっと吸い上げられた。

そうやっていろいろな場所を少しずつ攻《せ》められるたび、脚《あし》の奥が疼《うず》いて、内側から溶《と》けていく気がする。

「んっ……」

キルクスの舌が、胸に触れる。

「あ……っ、あ…んっ」

舐《な》められて、少しずつそこが尖《とが》っていくのが分かった。吸い上げられると、びくりと体が震《ふる》える。

じわじわと滲《し》み出すように、快感がわき起こり、足の奥からとろりと愛液がこぼれ落ちる。

どうしてそんなところが気持ちいいのだろう？　こちらに来るまでは少しも意識したことのなかった場所なのに。

今はこうして少し弄《いじ》られただけで、たまらない気持ちになる。

「あ……っ」

舌が触れているのとは逆の乳首《ちくび》を摘まれて、きゅっと爪先《つまさき》が丸まる。指の腹に挟《はさ》まれて、くりくりとまるでこよりを作るように撫《な》でられた。

「あ、あぁっ」

すっかり尖った乳首を、今度はぐりぐりと押し潰《つぶ》される。唇《くちびる》の触れていたほうは軽く歯を立てられて、わずかな痛みとそれ以上の快感に脚が震える。

そうしながら内股《うちまた》をするりと撫で、膝裏《ひざうら》を掴《つか》んで震える足を開かせる。

「ん……っ」

濡《ぬ》れた場所に、指が触れる。表面を撫でられてくちゅくちゅと水音がした。そこに触れずとも、自分が感じていることをキルクスはとっくに知っているだろう。けれどやはり、羞恥心《しゅうちしん》を抱《いだ》かずにはいられない。

キルクスに触れられて、気持ちよくなってしまうこと以上に、そこが内側から濡れてしまうことが恥ずかしい。

この世界に来るまでは、こんなことなかったはずなのに……。

自分の体が変わっていることが、そしてそれがキルクスと体を重ねるためのもののように思えることが、たまらなく恥ずかしいのだ。

――発情期でもないのに……。

「あ、ああっ……っ」

ゆっくりと、指が中に入り込んでくる。内側を擦《こす》られると、それだけでぶるぶると体が震えた。痛みは少しもない。

ただ気持ちよくて、そして、もどかしい。

ここにもっと大きくて、熱いものを入れられる快感を知っている。もっと奥まで広げられて、深い場所を暴《あば》かれる快感を……。

「も…はやく……っ」

結局、我慢しきれずに冬弥はそう口にしてしまう。

「我慢できないか？」

「……っ…分かってるくせに…っ」

言いながら、キルクスを睨《にら》む。キルクスはくすりと声を立てて笑った。

「言わせたいんだ」

「趣味《しゅみ》が悪い……んっ」

けれど、そう言いながらもすぐにキルクスは指を抜《ぬ》き、一旦《いったん》体を離してから服を脱ぎ捨てた。

そして、冬弥の脚を抱《かか》えなおす。

「あ……」

熱いものが、触れた。

「あ、あぁ……あ――――……っ」

ゆっくりと、けれど一息に奥までを開かれて、目の前がちかちかと明滅《めいめつ》する。

「イッたか？」

「っ……はっ……は……ぁっ」

ゆるりと腰《こし》を揺《ゆ》すられて、びくびくと脚が跳《は》ねる。

キルクスの言葉通りだ。ただ入れられただけなのに、絶頂に達してしまった。

けれど、まだ絶頂にヒクヒクと震える場所をキルクスは容赦《ようしゃ》なく攻め始める。

「ん、やっ……だめっ、まだ……ひ、あっ、あっ、あっ」

何度も抜き差しされて、そのたびに堪《たま》らない快感に翻弄《ほんろう》される。

自分の体は、確実に変わった。中から濡れるようになったというだけでなく、そこで感じる快感が、何よりも強い快感に思えることも。

奥の一番深い場所に、出して欲しい、と思ってしまうことも……。

発情期以外は、意味のないことだと知っているのに。

「あ、んっ、ん……ふか、いぃ……っ」

「好きだろう？」

奥を突《つ》くように腰を動かされて、それに反応するようにまたとろとろと中が濡れていく。

動きがゆっくりになったことでほっとしたけれど、何度も突かれているうちに奥に響《ひび》くような不思議な快感が湧《わ》き上がってくる。

「あ、あ……あ……ん……っ」

開かれてはいけない場所まで開かれそうで、ぞわぞわと肌が粟立《あわだ》つ。

「キル、クス……ッ、それ、や…だ……っ」

「そうか？　随分《ずいぶん》と、気持ちよさそうだがな」

「っ……」

確かに、中はまるでもっと言うようにキルクスのものを締《し》めつけている。

「あっ！」

強く打ちつけられて、びくんと体が跳ねた。

「ほら」

「あ、あっ、ん、や……っ、待て……っ」

「なら、どうして欲しい？」

低く掠《かす》れた声で問われて、冬弥はゆるゆると頭《かぶり》を振《ふ》る。自分でも分からないのだ。いや、一つだけ分かってはいる。けれど……。

「言わないなら……」

「ひ、あ……っ」

一度抜かれて、体を俯《うつぶ》せにされた。腰を抱えるようにして、尻《しり》だけを高く上げたような体勢になる。

「あ、あぁっ」

それを恥《は》ずかしいと思う前に、再び突き入れられ、深いところまで埋《う》められた。

「これでどうだ？」

「あっ、あっ、だ、め…っ、やぁ……っ」

肌のぶつかる音がするほど激しく抜き差しされて、冬弥は快感にただ震えることしかできなくなる。

何度も中を擦られて、指が白くなるほど強くシーツを握《にぎ》り締める。

「んっ、も、や……っまた、イク………っ」

「イケばいい……っ」

「あっ、ああ……っ」

深い場所まで突き入れられて、背中がぐっと反る。ぎゅうぎゅうと中を締めつけながら、冬弥が再び絶頂に駆《か》け上がった直後、中でキルクスが果てた。

ぶわりと、腹の中が熱くなる。

「ひ、ァ……ッ」

おかしくなりそうなほどの快感に、冬弥はただ震えることしかできなかった……。

◆

「あ……っ」

小さな声が上がるのと同時に、カタンという何かが落ちる音がした。野菜を切っていた冬弥は顔を上げ振り返る。

「申し訳ありません」

謝罪を口にしたのはニコロだ。足元に落ちた牡蠣《かき》を慌《あわ》てた様子で拾い上げている。殻《から》を外す作業中に、誤って落としてしまったのだろう。

「それはいいけど……ちょっと待て、一応手を見せてみな」

言いながら、冬弥はニコロへと近付く。

「……大丈夫《だいじょうぶ》です」

「いいから見せて」

意識して柔《やわ》らかい声を出したつもりだったが、ニコロはきゅっと唇《くちびる》を噛《か》むと、俯《うつむ》いておずおずと左手を差し出す。

思った通り、牡蠣の殻で指に小さな傷ができていた。

「怪我《けが》をしたら言うようにって、いつも言っているだろ？」

苦笑《くしよう》しつつニコロの手に触《ふ》れ、そっと指先の傷を癒《い》やす。

「申し訳、ありません……」

「謝らなくていい。――軍手かなんかあればいいんだろうけどな。ルイ、手袋《てぶくろ》かなんかないかな？」

「手袋ですか？」

「あ、あの、俺大丈夫ですから」

ニコロは慌てたようにそう言って頭を振るとすぐ踵《きびす》を返し、作業スペースへと戻《もど》って行ってしまう。

もちろん、狭《せま》い厨房《ちゆうぼう》内のことだ。多少離《はな》れたところで声は届くし、会話に支障はない。だが、ニコロはこれ以上の会話を拒《こば》むように俯いて作業を再開している。

ルイが、どうするかと問うように冬弥を見た。

「できれば、布でできたのがいいな」

冬弥の言葉にルイは苦笑しつつ頷《うなず》き、厨房を出て行く。ニコロは顔を上げ、焦《あせ》ったように口を開きかけたが、結局そのまま何も言わずにまた俯いてしまう。

冬弥はため息を噛み殺して、再び野菜を切り始めた。

――シナジを出港してから四日。

相変わらず、ニコロはまったく心を開く様子がない。

とはいえ、仕事に対する態度は真面目《まじめ》であり、文句はない。ミスがないわけではもちろんないが、問題のない範囲《はんい》だ。ただ、今のような小さな傷や火傷《やけど》といった怪我をすることがあっても、こちらに言わないのだけは直して欲しいと思う。

何度も言っているのだが、大したことではないと隠《かく》そうとするのだ。もちろん、冬弥は見つけ次第《しだい》治療《ちりょう》しているが……。

困ったものだと思っていると、ルイが戻ってきた。

「子ども用のものはなかったんですけど」

「そりゃそうだよな。ありがとう。ニコロ、とりあえずそれつけて作業して」

「……はい。ご迷惑《めいわく》おかけして申し訳ありません」

「迷惑なんかじゃないから、気にするな」

そう言ったけれど、ニコロが頷くことはなかった。

どうしたものかと思いつつも、とりあえず無事に夕食を完成させる。

「じゃあ、悪いけどあとよろしくな」

冬弥は四人分の夕食を載《の》せたトレイを手に、厨房を出てキルクスたちの待つ集会所へと向かった。

「牡蠣のシチューですか。いいですね」

うれしそうに言ったのはロシュだ。どうやら好物らしい。

そういえば、ニコロは何が好きかと訊《き》いたときも特に返事がなかったなと思う。

何でも、食べさせていただけるだけでありがたい、というようなことを言っていたように思う。

それがどうにも悲しくて……。同時にそれを聞いても、そうかというように頷くだけだったルイたちを見て、自分の感覚はやはり異端《いたん》なのだろうかとも思った。

奴隷《どれい》や身分、海賊《かいぞく》、そういったもののすべてが、冬弥には遠く、いっそ作り物としてのもののほうが近しいほどだったから……。

「冬弥？」

「え、あ、何？」

いつの間にか俯いていたらしい。慌てて顔をあげる。

「シチューが冷めるぞ」

見ればいつの間にか三人はすっかり食事を終えていた。冬弥は慌てて、シチューを口に運ぶ。

「頑張《がんば》れとは言ったが、無理はするなよ」

ぽんと軽く頭を叩《たた》かれて、冬弥は視線を落とす。

「無理なんて、してないけどさ」

それでも慰《なぐさ》められて、少しだけホッとした。

「キルクスは、どう思ってるんだ？」

「ニコロのことか？」

　冬弥はこくりと頷く。

「予定通りなら、ホーシングまではあと五日ってとこだろ？　ニコロを残すかもう決めてるのか？」

　いくら自分が心を砕《くだ》こうと、決定を下すのはキルクスだ。

「考えてはいるぞ」

「決まってはいないってこと？」

「まぁ、そうだな」

　キルクスは躊躇《ためら》うことなく頷く。ラウザとロシュを見たが、二人も特にそれに対して異論はないようだ。

　まぁ、それもそうだろう。キルクスに意見を求められたのでなければ、二人はキルクスの決定に従うはずだ。

「やっぱり、歳《とし》のせいか？」

「それだけじゃないがな。まぁ、とにかくまだ様子見だ」

　そうは言うものの、冬弥はキルクスに、ニコロの働きについて報告をしろと言われたことはない。冬弥が勝手に語っていることはたくさんあるが、キルクスはただ話に付き合っているだけだ。

　となれば働きの問題でもないように思うのだが……。

「とりあえず、冬弥は冬弥のしたいようにしてみればいい」

「……うん」

　疑問を感じつつも、冬弥はその言葉に頷いた。

　だが……。

　その後、冬弥が厨房に戻ると、ちょうどサリドがニコロにシチューをよそっているところだった。次はニコロが休憩《きゅうけい》する番なのだろう。

「ほら」

「……ありがとうございます」

　差し出された椀《わん》を受けとるニコロの頰《ほお》が一瞬《いっしゅん》、わずかではあるが綻《ほころ》ぶのを見て冬弥は目を瞠《みは》った。

　けれど……。

「あ、姐《あね》さん、おかえりなさい」

　冬弥に気づいたルイがそう言った途端《とたん》、ニコロはいつもの無表情に戻り、小さく頭を下げた。

　そのときは、見間違《みまちが》いだったのだろうかと思ったが……。

　観察しているうちに、気づいてしまった。

ニコロはときどき、ほんのわずかではあるが笑うことがある。声を立てるようなことはないが、ルイに褒《ほ》められてうれしそうにすることもあった。

けれど、冬弥が見ていると分かるとさっと硬い表情に戻るのだ。表情だけではない。冬弥が近付くと緊張《きんちょう》したように体を強《こわ》ばらせる。

別に叱咤《しった》しているわけでもない。むしろ褒めることのほうが多い。そもそも、ニコロはとても真面目に働いているし、叱《しか》るような部分はほとんどないのだ。

正直、ニコロのおかげで時間的にゆとりも生まれたと思う。とても助かっているし、その感謝についても伝えているつもりなのだが……。

「では、行ってきます」

そう言って洗い物を洗濯《せんたく》室に運びに行くニコロに軽く手を振《ふ》ってから、冬弥は深いため息を吐《つ》いた。

「どうしました？」

「いや……俺、嫌《きら》われてるのか……？」

「誰《だれ》にです？」

呟《つぶや》いた言葉に、ルイが不思議そうに首を傾《かし》げる。

「……ニコロだよ。嫌われてるのか、怖《こわ》がられてるのか……なんか、俺にだけ態度が硬《かた》い気がするんだよな」

思わずもう一度ため息をこぼすと、ルイは少し困ったように苦笑《くしょう》した。

「地位が高いと思って緊張しているだけだと思いますよ」

「ただの厨房係なんだけどな……」

「船長の番《つがい》っすからね」

サリドにまで言われて、肩《かた》を落とす。

そういうことなのだろうか？

確かに、自分はキルクスの——船長の番であり、厨房《ちゅうぼう》係でありながら他《ほか》の船員からも特別視されてしまってはいる。

姐さん呼びもやめて欲しいのだが、あのパセルでさえやめる気配がないし……。

「ずっとこうだったらどうしよう」

自分の気持ち云々《うんぬん》というより、自分がいるせいでニコロが安心して働けないというのは申し訳ない。

「このまま乗っているならそのうち慣れますよ」

「そうだといいんだけど……」

慰めてくれるルイに、冬弥はそう言って苦笑した。

「どうすりゃいいんだ……」

ベッドでゴロゴロと転がりながら冬弥はぎゅっと眉間《みけん》に皺《しわ》を寄せる。

もう夜だ。そろそろ寝《ね》なければならない時間なのだが、キルクスはまだ戻《もど》っていなかった。

少し天候が荒《あ》れているせいもあるだろう。

嵐《あらし》にぶつかる前に、魔法《まほう》で航路を変更《へんこう》しているのだ。

「俺が一番可愛《かわい》がってるつもりなのになぁ……」

「なんの話だ？」

唐突《とうとつ》にドアが開き、キルクスが不審《ふしん》げに言う。どうやら聞かれていたらしい。

「ニコロの話……」

先日のことがあるので、少々気まずい思いでそう口にすると、キルクスはわずかにつまらなそうな顔をした。

「懐《なつ》かねぇならほっとけばいい。ルイやサリドとは上手《うま》くやってんだろ？」

「そうだけどさ」

脱《ぬ》いだ服をぽいぽいと放《ほう》って、キルクスがベッドに腰掛《こしか》ける。屈《かが》み込んでブーツを脱いでいるのを見るともなしに眺《なが》めながら、ため息を噛《か》み殺した。

「ほっとく訳にいかないだろ」

「なんでだ？」

「なんでって……俺が厨房で預かりたいって言ったんだし……」

「面倒《めんどう》はルイやサリドも見ているんだろう？」

「そりゃそうだけど」

そう返してから、冬弥は気分を切り替《か》えるように大きく息を吐《は》き出した。

自分が今言った通りだ、と思う。これは、自分がそうしたいと願ったことだった。

「ニコロが俺をどう思っているかと、俺がニコロの面倒を見るのは別の問題だもんな」

それはもちろん、好かれればそれが一番だ。気に掛けている以上、どう思われているのか、気にならないはずがない。

だが、それでも、自分がしたいと思ってしていることだ。その見返りが与《あた》えられないことを恨《うら》んでも仕方がない。

しかも、ニコロは冬弥に気を許していないというだけで、指示にはきちんと従ってくれている。文句を言える筋合いではない。

冬弥の答えにキルクスは目を丸くして、それから気の抜《ぬ》けたような顔で笑った。

「お前のような人間ばかりだったらな……」

「？　どういう意味？」

「いや」

キルクスは曖昧《あいまい》な相槌《あいづち》を打ちながら灯《あか》りを消し、そのままベッドへと潜《もぐ》り込んでくる。そして、冬弥の体をぎゅうっと強く抱《だ》き締《し》めてきた。

「ちょ、何、苦しいって……」

「ニコロじゃなくて、俺のことももっと可愛がってくれ」

「はぁ？」

思わず冬弥は眉《まゆ》を顰《ひそ》める。

「……でかい図体《ずうたい》して何言ってんだよ」

けれど、ため息はすぐに苦笑に変わり、腕《うで》を振り解《ほど》こうとする抵抗《ていこう》もやめた。キルクスの声が妙《みょう》に幸せそうで、なぜだかひどくほっとした。

◆

それは、ホーシングまであと数日と迫《せま》ったときのことだった。

嵐を避《さ》けたせいで航路が逸《そ》れ、予定よりもホーシングに着くのが遅《おく》れている。それでも、このまま順調に行けば、二、三日ほどで着くだろうという話だったのだが……。

その一報が届いたのは、冬弥とキルクス、そしてロシュ、ラウザの四人がいつも通り集会所で昼食を摂《と》っていたときだった。

「商船？　この海域でですか？」

「どうやら間《ま》違《ちが》いなさそうだって話です」

ロシュの言葉に、見張りからの連絡《れんらく》を受けた船員が頷《うなず》く。

本来ならば、この辺りを商船が通ることはまずないらしい。というのもホーシングという港の特異性のためだ。

ホーシングは、多くの海賊《かいぞく》の立ち寄る、海賊たちに開かれた港なのである。

海賊の寄港に目を瞑《つぶ》っているだけでなく、船の修理や整備、品の買い付けから武器弾薬《だんやく》の補給までできる。一般《いっぱん》の商船や客船ならば、近付こうとはしない。

キルクスが立ち上がり、集会所を出て行くのをラウザたち二人と連絡に来た船員が追う。冬弥も迷ったものの、話がどう転ぶのかが気になってあとに続いた。

甲板《かんぱん》に出たキルクスは、見張りの指す方向を単眼鏡で見る。

「――確かに商船だ。二隻《せき》だが、護衛艦《ごえいかん》がついてる様子もない。ん？　一隻はマストが一本折れているな」

「嵐のせいでしょう。おそらく、彼らも嵐で航路から外れてしまったのでしょうね」

ロシュの言葉に、二人も頷いた。

「なんにせよ、俺たちにとっては幸運だったな」

「違いねぇ」

キルクスの言葉に、ラウザがにやりと笑う。

偶然《ぐうぜん》の邂逅《かいこう》ではあったが、無防備な商船に対し、ホーシングに着く前にもう一稼《ひとかせ》ぎするかと、海賊の本領を発揮することになったのはもっともなことだった。

「よし、お前ら戦闘《せんとう》準備だ！」

キルクスの声で、船員たちが一斉《いっせい》に動き出す。

「冬弥、お前はいつも通り船長室に隠《かく》れてろ」

「分かった」

冬弥は少しだけ憂鬱《ゆううつ》だったが、それを押し隠して素直《すなお》に頷いた。けれどはたと気づく。

「――キルクス」

「なんだ？」

「ニコロは？　ニコロはどうするんだ？」

「ああ、そうだった。まぁ、さすがにまだ戦闘に駆《か》り出すわけにはいかねぇだろうから、留守番だな」

その答えに、ほっとする。

「だったら、俺と一緒《いっしょ》にいてもいい？」

「――そうだな。それでもいい」

一瞬《いっしゅん》の逡巡《しゅんじゅん》ののち、キルクスは苦笑《くしょう》しつつも頷いてくれた。


「始まったみたいだな」

火炎弾《かえんだん》の撃《う》ち出される大きな音が響《ひび》き、窓の外を見ていた冬弥は小さくため息を吐《つ》く。戦闘が始まるまで三十分もかからなかった。

準備が早かったこともあるが、それ以上にウェナティクス号は足が速い。今日は大して風のない日だったが、キルクスの風魔法があれば帆《ほ》は大きく張って、船を好きな方向へと進めていく。

相手からすれば堪《たま》ったものではないだろう。

そんなことを思いつつ室内に振《ふ》り向くと、ニコロが椅子《いす》の上で恐怖《きょうふ》を堪《こら》えるように目を閉じて、その小さな肩《かた》を震《ふる》わせているのが目に入った。

「ニコロ？」

現在、船長室にいるのは、冬弥とニコロの二人だけだ。他《ほか》の船員たちの多くは甲板だろう。

そろそろ接舷《せつげん》し、相手の船に乗り込み始めるかもしれない。

だが、こうして船長室で帰りを待つ冬弥たちに危険が迫る可能性は、限りなくゼロに近かった。

戦闘がある以上、絶対ではないのかもしれないが、相手は護衛艦もない商船であり、こちらの敵ではない。

けれど、考えてみれば、先日はニコロの乗っていた船こそが襲《おそ》われた側だったわけで、恐怖を感じるのは当然なのかもしれなかった。

迷いながら、冬弥はそっとニコロに近付く。自分が近付くことでさらに怯《おび》えさせてしまわないだろうかと、少しだけ心配ではあったが、椅子の横で跪《ひざまず》くようにして、ニコロを見上げた。

膝《ひざ》の上でぎゅっと強く握《にぎ》られた手を包み込むようにそっと触《ふ》れる。

ニコロがハッとしたように目を見開いた。

「大丈夫《だいじょうぶ》だ。みんな強いし……ここにまで誰《だれ》か来たりはしないから」

少しでもニコロを落ち着かせようと、冬弥はそう言って微笑《ほほえ》んでみせる。

実際、冬弥がこの船に乗ってから、船の中にまで敵が乱入してきたことは一度としてない。遠戦による被害《ひがい》を受けることはあったが、あれは相手が軍艦《ぐんかん》だった。商船が護衛艦をつけていることもあったが、そんなときでも特に危ない目に遭《あ》うことはなかったのだ。

ニコロは冬弥の言葉に震えるように頷いたが、安心した様子はない。怯えきったその姿がどうしようもなくかわいそうで、冬弥は立ち上がると、宥《なだ》めるようにニコロを抱き締めた。

「あ、あの……っ」

驚《おどろ》いたようにニコロは声を上げる。

「大丈夫。安心して……怖《こわ》かったら耳を塞《ふさ》いでいればいい。何かあっても、必ず俺が守ってやるから」

冬弥の言葉に、ニコロの体がびくりと震えたような気がして、冬弥はその背をゆっくりと撫《な》でた。

「俺も、最初はすごく怖かったよ」

本当は今だって怖い。だが、それは自分がというよりも、戦闘に出ているキルクスや仲間達が怪我《けが》をしたり、危険な目に遭ったりする可能性に対する恐怖だった。

自分が何もできずに待っている間に、何かあったらと思うと恐《おそ》ろしく、また、居たたまれないような気分にもなる。

この船にいる以上、ニコロとていつかはそちら側になるのだろう。

だが、今は……今のうちだけは……。

また一つ、何か重い物がぶつかるような音がした。途端《とたん》に、ニコロが体を強《こわ》ばらせ、縋《すが》るように冬弥の服を握る。

かわいそうに思うが、ようやく少し心を開いてくれたような気がして、わずかに安堵《あんど》した。

いざというときは、きっと自分がニコロを守ろう。

先ほど口にした言葉を、冬弥は心の中でもう一度呟《つぶや》いた。

キルクスたちがほぼ無傷で船に戻《もど》ってきたのは、それから程《ほど》なくしてのことだった。

相手は遠戦だけで、ほぼ全面降伏《こうふく》状態だったようだ。

キルクスはいつも通り積み荷の半分をウェナティクス号に移し、無事だったほうの船に風魔《ま》法《ほう》をかけてなるべく速くこの海域を抜《ぬ》けられるように取り計らってやったらしい。

あのままでは別の海賊に見つかって、残った分もすべて奪《うば》われる可能性が高かったためだろう。

「ったく、お頭《かしら》は人がいいんだからよぉ」

そう言って笑ったのは、パセルだった。昼食を食べ損《そこ》ねていたらしく、戻ってきて早々、腹が減ったと厨房《ちゅうぼう》にやってきて、そんな話をしてくれたのだ。

今回は怪我人も出なかったため、冬弥もニコロとともにこのあとの宴会《えんかい》に備えて料理をしていたところだった。『仕事』が上手《うま》くいったあとは宴会、というのがウェナティクス号の慣例なのである。

キルクスたちは、今回の稼《かせ》ぎの分配で忙《いそが》しくしている。

ホーシングには三日間滞在《たいざい》する予定だし、どうせならばそこで使える金が多いほうがいいだろうという配慮《はいりょ》もあるようだ。

「ホーシングも久々だよなぁ。マジ楽しみ」

にこにことうれしそうなパセルに、冬弥も思わず笑《え》みがこぼれる。

冬弥もホーシングは好きだった。海賊が多いため、物騒《ぶっそう》な街ではあるが、中立地帯ということもあって案外と安全だ。

もちろん、小競《こぜ》り合いや酔《よ》っ払《ぱら》いの喧嘩《けんか》などは多いようだが、ホーシングにはキルクスが借りている家があり、前回はそこで比較的《ひかくてき》のんびりと過ごした。

魔法道具のたくさん置かれた店を見るのも楽しかったし、キルクスの作ってくれた料理はおいしかった。

あの頃《ころ》は、まだ番《つがい》になったばかりだったけれど、今から考えればあの三日間でキルクスとの心の距離《きょり》は随分《ずいぶん》縮まったのだと思う。

唯一《ゆいいつ》心残りなのは、ニコロのことだ。

キルクスは、ニコロをあの家に連れて行くことはしないだろう。そして、冬弥が別行動を取ることも許さないはずだ。

それに反発する気持ちはない。ニコロのことは、ルイたちが面倒《めんどう》を見てくれることになっていた。

ただ、今日は少しだけ心を許してくれたような気がする分、残念だけれど……。

そうこうするうちに、宴会用の食事の支度《したく》は進み、料理はできあがった順に甲板《かんぱん》へと運び出されていく。

「盛りつけは俺らがやるんで大丈夫っすよ」

「姐《あね》さんは早くお頭のところに行ってあげてください」

すべての調理が終わると、冬弥はそう言われ早々に厨房を追い出された。

一応厨房を預かる身としては複雑だが、夕食を運んでキルクスと一緒に食べる、という約束から鑑《かんが》みればこれもそのうちなのだろう。

前に何回かキルクスがまだなのかと顔を出したこともあり、そうなると逆に二人に気を遣《つか》わせるため仕方がないというのもある。

「やっと来たか」

甲板に出ると、キルクスが待ちかねたように声を掛《か》けてきた。

すぐにジョッキを手《て》渡《わた》され、軽く乾杯《かんぱい》をする。

「今日はお疲《つか》れ」

「まぁ楽な仕事だったがな」

「違《ちが》いねぇ」

キルクスの言葉に近くにいた男たちが笑う。

「怪我がなくてよかったよ。相手には申し訳ないけど」

「向こうだって、他の船に襲われるよりかは幸運だっただろ」

キルクスの言葉に冬弥は苦笑《くしょう》したが、確かにその通りなのだろう。

「……」

「何？」

見つめられて、冬弥は首を傾《かし》げる。

「いや……。もうすぐホーシングだな」

「え、あ、ああ、そうだな？」

なんとなくごまかされたような気がしたけれど、冬弥は曖昧《あいまい》に頷《うなず》く。

「行きたい場所はあるか？」

訊《き》かれて、冬弥は少し考え込む。

「そう、だな……うーん、魔法道具の買い出しには行くよな？　それ以外だと……調味料のいっぱい置いてある店とか行きたいかな」

味噌《みそ》や醤油《しょうゆ》が手に入れば一番いいのだが、今のところ見たことはない。こんなことになるなら作り方を調べておけばよかったなどと思ってしまう。

それらがキルクスたちの口に合うかは分からないが、冬弥としてはやはり懐《なつ》かしい。

「キルクスは？　なんかしたいことあるのか？」

「俺はできれば三日間、家から出ずにお前と――――」

「やっぱ言わなくていいっ」

いやらしいことを言われる予感がして慌《あわ》てて遮《さえぎ》ると、キルクスは楽しげに笑っていた。

ろくでもないなと呟きつつ、頬《ほお》がほんのりと熱を持ってしまう。

三日間ずっと、などと発情期でもないのに……。そう思って、こぼれそうになったため息を飲み込む。

キルクスが発情期でもないのに自分を求めてくれているのだと思うと、うれしくないわけではないのだ。

だが……。

三日間という言葉に、つい引っかかりを覚えた。

それは、発情期の期間と同じだからだ。この世界に来たその日、発情期を迎《むか》えた冬弥は、何も分からないまま三日間キルクスと抱《だ》き合った。

あの目の眩《くら》むような快感の中で、項《うなじ》を噛《か》まれ、番になったのだ。

だが、あれ以来冬弥には一度も発情期が来ていない。それがなぜなのかは分からないけれど、キルクスも何も言わない。

――このままずっと発情期が来なくても、キルクスは自分の番でいてくれるのだろうか……。

一瞬《いっしゅん》だけ浮《う》かんだそんな思いを振《ふ》り払《はら》うように、冬弥はジョッキを呷《あお》った。

◆

通常より高い波を越《こ》えてウェナティクス号が無事に着港したのは、商船と邂逅《かいこう》した二日後の午後のことだった。

ホーシングは生憎《あいにく》の曇《くも》り空だったが、雨が降るまでにはまだ間がありそうだ。船員たちは皆《みな》楽しげに船を下りる。

雨に降られる前に買い物を済まそうという心づもりもあるのだろう。市場や街中は前回以上に人が多いように感じる。

冬弥は予定通り、キルクスと二人で船を離《はな》れ、まずは船に積む物資の調達をすることにした。

キルクスが担当するのは主に魔法《まほう》道具関係だ。武器に関してはラウザが、船の修繕《しゅうぜん》や整備に関してはロシュがとりまとめているらしい。食材は自分、と言えればいいのだが、実際はまだまだ量のことなどがよく分かっておらず、ルイたちに頼《たの》んでしまっている状態だ。こちらもいずれはきちんと把握《はあく》していきたいと思うけれど……。

「何かお悩《なや》みごとですかい？」

馴染《なじ》みの魔法道具屋で、ぼんやりと棚《たな》を見ていた冬弥はその声に我に返った。

声を掛けてきたのは店の主《あるじ》だ。先ほどまで、キルクスと仕入れる品について話をしていたが、何か棚に取りに来たらしい。冬弥に話しかけつつも、陳列《ちんれつ》台の下の抽斗《ひきだし》をごそごそと探《さぐ》っている。

「悩みって……」

「随分考え込んでいらっしゃるようでしたのでね」

「いえ――――」

なんでもない、と頭《かぶり》を振ろうとして、冬弥はふと思い出す。以前この店に来たとき、この男は番を得た祝いだと言って、キルクスに発情期を遅《おく》らせる薬を渡《わた》していた。

それならばひょっとして、と思う。

冬弥はキルクスがいるはずの、カウンターへと視線を向ける。何か書き付けてでもいるのだろうか、キルクスは背を少しかがめるようにしてカウンターに向かっていた。

「あ、あの、お訊きしたいんですが」

冬弥は、キルクスに聞こえないように小声で店主に話しかける。

「はい、なんでしょう」

「は……発情期を、その、あ、あの……う、促《うなが》すような薬って、あるんでしょうか……？」

顔から火が出そうなほど、頬が熱くなる。やはりこんなことは、いくら思いついたからといって口にするべきではなかった。

店主は一瞬だけ目を瞠《みは》ったものの、すぐに何かを考えるように小さく首を傾げる。

「確か……同じような状態を促す薬は存在していたな……ちょっと待ってください」

「え、あ……」

店主はさっと踵《きびす》を返し、店の奥へと入っていった。同じような、というのが気にかかったが、大声で引き留めるわけにもいかず、冬弥は落ち着かない気分で店主とキルクスを交互《こうご》に覗《うかが》う。

店主はすぐに戻《もど》ってきた。

「ありました。これです。古いものなので効果は落ちているかもしれないんですが……」

店主が手にしていたのは、言葉通りやや古びたペンダントだった。少し大きめのペンダントトップだなと思っていると、店主がその端《はし》をカチリと押し込む。蓋《ふた》が開き、中に蠟《ろう》のような半《はん》透明《とうめい》の物が入っているのが分かった。

「練り香《こう》です。これ自体はほんの少し花の香《かお》りがする程度ですが、Ωがつけると本人のフェロモンの匂《にお》いを増幅《ぞうふく》させ、αの発情を誘《さそ》うことができるとか」

「えっ」

「ああ、安心してください。匂いが分かるのは番《つがい》となったαだけだってことに変わりはありませんから」

「いや、そういうことじゃなくて」

自分が欲しいのは、αの発情を促すものではなく、自分自身の発情を促すものだ。

しかし、そう口にしようとしたとき……。

「なんだ？　欲しいものがあったのか？」

いつの間にか近くに来ていたキルクスに声を掛けられて、冬弥は息を呑《の》む。

「……別に、そういうわけじゃ」

そう否定したときにはもう、店主の手にあったペンダントはキルクスの手にあった。

「この店にあるってことは、タリスマンの類《たぐい》か？」

先ほどまでの話を聞かれたわけではなさそうな質問にほっとする。だが……。

「効果は夫婦《ふうふ》円満……といったところですかね。お安くしておきますよ」

にこにこと笑う店主の言葉に、冬弥は視線を泳がせた。そんなものではないと分かっていたが、否定すれば本当はなんなのかと問われるだろう。そう思うと、何も言えなかった。

「なら、これも一緒《いっしょ》に頼む」

「ちょ、キルクスっ」

「遠慮《えんりょ》するな」

「遠慮って……」

そういうわけではないのだが、後ろめたいことがあるせいで強く言えず、結局、それ以上反対することもできなかった。

「夜には降り出しそうだな」

買い物を終え、魔法道具屋を出た途端《とたん》、キルクスがますます雲の厚くなっている空を見上げて呟《つぶや》く。冬弥の首には、先ほどのペンダントが掛《か》けられていた。

店主に誤解されたままなのは気になったが、これ自体は香として使わなければ問題はない。いらないと強硬《きょうこう》に主張しないほうがいいだろうと、あきらめて受け取ってしまった。

それに、プレゼントされたこと自体は、うれしくないわけではないし……。

「早いとこ買い物を済ませよう。とりあえず今日明日の分だけ」

「そうだな」

キルクスはそう頷《うなず》くと、冬弥の手を握《にぎ》って歩き出す。

人混《ひとご》みの中ではぐれないための方策だと分かっていても、少しだけ恥《は》ずかしい。

「どうした？」

「別に……って、にやにやすんなよ」

「仕方ねぇだろう。そんな可愛《かわい》い顔をされれば、ニヤつきたくもなる」

「か……」

思わず絶句して、徐々《じょじょ》に熱くなる頬《ほお》を隠《かく》すように俯《うつむ》く。

恥ずかしいと思うのは、単にキルクスの言葉が、というわけではない。

それを嫌《いや》だと思わない、むしろうれしいと思ってしまう自分が恥ずかしいのだ。

キルクスに出会うまでは、冬弥にとって人の好意は重荷でしかなかった。望まぬ情欲を向けられること、他人に執着《しゅうちゃく》されることが多すぎて……。

なのに、キルクスから向けられるものは違《ちが》う。

それは自分が望んでいるから。欲《ほっ》しているものを与《あた》えられて、うれしくないはずがない。

けれどだからこそ、自分がそんなにもキルクスを好きなのだと思い知らされるようで、恥ずかしい。

だが……。

キルクスが自分を大切にしてくれていることも――……愛してくれていることも分かっているつもりだ。

だが、それが番という立場から来るものだと思うと少しだけ、足元が不安定になる。

αはβを愛せないわけではない。

ただ、番となりαの子を産めるのはΩだけ、というだけのことだ。

――子どもが産めなかったら、どうなるのだろう？

どきりとして、思わず握られていた手に力が入った。

「冬弥？」

不思議そうな声で名前を呼ばれ、冬弥はキルクスを見上げる。真っ直《す》ぐに自分を見つめてくる瞳《ひとみ》。そこから逃《のが》れるように目を逸《そ》らし、頭を振《ふ》る。

「なんでもない。人が、多いから」

「……そうだな」

そう言ったキルクスの声がやさしくて、少しだけ泣きそうになった。

からかうような声ならよかったのに、と我ながら理不尽《りふじん》なことを考えてしまう。

ここのところ、あまり考えずにいられたのに……。

ニコロのことで忙《いそが》しかったし、船ではキルクスは自分の番である前に船長で、二人だけの時間というのは寝《ね》る前のほんの少しの時間だけだからというのも、あるかもしれない。

二人でいる時間をいやだとは思わない。今回だってニコロのことは心配だったけれど、それでもキルクスと街を見て回るのは楽しみだった。

だが、発情期の来ない期間が延びれば延びるだけ、自分が本当にここにいていいのか、番として相応《ふさわ》しいのかと不安になる。

キルクスは何も言わないが、冬弥自身はひょっとして、自分は異世界から来たから、こちらの理《ことわり》には当てはまらない存在なのではないか？　本当はΩとは違うのではないか？　という気さえもしてしまう。

そんなこと、キルクスには訊《き》けないけれど……。

「冬弥？　疲《つか》れたか？」

「え？」

どこか心配そうに訊かれて、冬弥はハッと我に返った。

「ごめん、ぼーっとしてた」

慌《あわ》てて謝罪すると、苦笑《くしょう》交じりのため息が返ってくる。

「ニコロがいないときくらいは、俺のことだけ考えていてくれてもいいんじゃねぇか？」

「ば、ばかなこと言うなよ」

だが、実際のところ、考えていたのはキルクスのこと……というか、二人のことだ。

もちろん、キルクスには言わないけれど。

「まぁ、今夜は俺以外のことなんて考えられなくしてやるけどな」

「そっ……」

そんなこと言うな、と皆《みな》まで言えず、冬弥は唇《くちびる》をわなわなと震《ふる》わせる。頬はあっという間に熱を持ってしまう。

自分がこんなに悩《なや》んでいるのに、と思う。

だが、キルクスにも悩まれているよりはいいとも思うのだ。自分に発情期が来ないことを気にしていないなら、そのほうがいいに決まっている。

けれど、そんなことあり得るのだろうか……。

また考え込みそうになって、冬弥は小さく頭《かぶり》を振った。

「おいしかった」

ごちそうさま、と口にすると、キルクスが得意げに笑う。

船では食事を作るのは冬弥の仕事の一つだが、キルクスの料理の腕《うで》は相当なものだ。街では船と違って材料の制限がないことを差し引いたとしても、自分より上だと思う。

もちろん、だからといって船長であるキルクスに料理をしている時間はないため、現在キルクスの手料理を味わえるのは、冬弥だけだった。

「片付けは俺がやるから、キルクスはもうちょっと飲んでろよ」

冬弥はそう言って立ち上がり、空になった皿をすぐ隣《となり》にあるキッチンへと運ぶ。

この街は上水道が完備されているため、水を汲《く》んでくる必要もない。

洗い物をしていると、キルクスが最後に残っていたピクルスの入った皿と木製のジョッキを持って入ってきた。どうやら酒も終わったらしい。

置いて出て行くのかと思ったら、洗い終わった皿をしまってくれるつもりのようだ。

「キルクスは、料理って、やっぱ前の船の料理人から習ったのか？」

「まぁそうだな。習ったっていうよりは見よう見まねってとこだが」

「そっか……。俺ももうちょっと料理のレパートリー増やしたいんだよな」

思わずため息がこぼれる。

船の上では食材が限られる上、いわゆる和食のようなものは調味料の関係で作れていないし、大人数の食事となると煮込《にこ》み系が多くなる。

もともと料理人というわけでもないため、それほど多くないレパートリーの幅《はば》がさらに狭《せば》められ、毎回似たようなメニューになってしまうのが冬弥の悩みだった。

「今でも充分《じゅうぶん》だと思うぞ？　他《ほか》からも特に不満の声は聞こえねぇけどな」

「そうかな……」

自分がキルクスの番《つがい》だから、言いにくいだけじゃないかという気もする。

「この世界にも料理の本ってあるのか？」

「気にしたことはなかったが……本か。明日にでも置いてある店がないか回ってみるか」

キルクスの言葉に、冬弥は大きく頷く。

しかし……。

「けどな、お前は治療《ちりょう》の仕事もしているし、料理はまた料理人を雇《やと》ってもいいんだぞ？」

「え？」

冬弥は目を瞠《みは》った。

厨房《ちゅうぼう》の仕事を辞《や》めることなど、考えてもみなかったことだ。

「――なんだ、そんな顔をするな。別に無理に取り上げようってんじゃねぇよ」

キルクスはそう言って困ったような笑《え》みを浮《う》かべる。

「そんなに料理が好きなのか？」

「好きっていうか……」

訊かれて戸《と》惑《まど》う。

もともと、厨房の仕事は、船賃代わりに始めたことだ。

着の身着のままでこの世界にやってきた冬弥は、船賃になるようなものを持っていなかった。だが、自分が元の世界に戻《もど》ることが本当にできないのかを知るために、船を出してもらう必要があったのだ。

そこで、船で働くことを申し出た。最初は洗濯《せんたく》や甲板《かんぱん》の掃除《そうじ》などを手伝ったが、たまたまその時期にウェナティクス号の料理人が下船し、厨房に人が足りなくなったため、そちらを引き受けることになったのだ。

だから、料理が好きかどうかなど、考えたこともなかったのである。

答えに迷い、沈黙《ちんもく》する冬弥に、キルクスが再び口を開く。

「そもそも、子どもが生まれれば、しばらくは動けねぇだろ。動けるようになったとしても、忙しくなるだろうし」

「子ども」

思考が停止して、冬弥はぼんやりとキルクスの言葉を反芻《はんすう》する。

子どもが生まれれば。

そんなこと、本当に自分に起きるのだろうか？

「子どもなんて……」

「産むのが不安か？」

「不安……っていうか」

もちろん、不安か不安じゃないかと言われれば不安だ。

自分が子どもを産むなんて、こちらに来るまで考えたこともなかったし、正直今だって信じられない。

だが、それ以前に本当に自分にその機能が備わっているのか？　という疑問がある。

キルクスは疑ってもいないようだが……。

「キルクスは……欲しいのか？」

覗《うかが》うように見つめると、キルクスは意外なことを訊かれたような顔をして、少し考え込んだ。

「お前との子なら欲しいと思ってたんだが……」

「が？」

「最近お前がニコロに構いつけているところを見るとな……自分の子でも妬《や》けそうだ」

「な……」

からかうようにではなく、苦笑ぎみに言われたことで、それが本心なのだと分かった。頬《ほお》が熱くなる。

そういう話をしているんじゃないという気もしたけれど、ふっと気持ちが軽くなるのを感じた。どうしても欲しいという返事ではなかったことに、安心してしまうのはどうかと思わなくもないけれど。

「もちろん、生まれたとなれば可愛《かわい》がるぞ？　安心して産んでくれ」

「っ……」

冬弥が慌《あわ》てたことで余裕《よゆう》が出たのか、キルクスはそう言うとするりと冬弥の腹を撫《な》でた。

「こんな薄《うす》い腹に、子どもができると思うと不思議だが……」

「撫で回すなよ……っ」

シャツの上からでも分かるいやらしい手つきに、冬弥は思わずその手を振《ふ》り払《はら》い、最後に残っていたジョッキを洗おうと手に取る。

けれど……。

「そんなに邪険《じゃけん》にすんなって」

「ちょ、おい、キルクスっ」

背後から抱《だ》き締《し》められて、するするとシャツの裾《すそ》をズボンから抜《ぬ》き出される。

いつの間にか布巾《ふきん》はカウンターに放《ほう》り出されていた。

「んっ……」

ちゅっ、と音を立てて項《うなじ》にキスをされ、びくりと体が震える。噛《か》み痕《あと》を辿《たど》るように舌を這《は》わされると、力が抜けた。

かこん、と軽い音を立ててシンクの底にジョッキが落ちる。

まさかこんなところで？　と思うけれど、キルクスの手は止まらなかった。項を舐《な》めながら、シャツの下から手を入れて、ゆっくりと胸をもみしだかれた。

女性のような膨《ふく》らみがあるわけでもないのに、何が楽しいのかと思う。だが、何度もそうして触《さわ》られているせいか、それとも自分がΩだからなのか、そうされると冬弥自身、快感を覚えてしまう。

「あ、んっ……」

シャツの下で、大きな手が這い回り、ほんの少し尖《とが》り始めていた乳首《ちくび》を撫でた。指でくるくると円を描《えが》くようにされれば、すぐにぴんと硬《かた》くなってしまう。尖らせたそれを今度は押し込まれ、かと思えば摘《つ》ままれる。まるで絞《しぼ》るように先端《せんたん》に向けて扱《しご》かれると、ほんの少しの痛みと共に下肢《かし》に響《ひび》くほどの快感が生まれた。

震《ふる》え、崩《くず》れそうになる膝《ひざ》を支えようと、冬弥はぎゅっと強くシンクの縁《ふち》を握《にぎ》る。

どうしてこんな場所でと思うけれど、キルクスはまったくやめる気がなさそうだ。片手を胸《むな》元《もと》に残したまま、器用に冬弥のベルトを外すと、そのまま中に手が入り込んでくる。

「もう、濡《ぬ》れてる」

「あ、あぁっ」

手を動かされると、言葉通り濡れた音がした。立ち上がったものをゆっくりと扱かれて、それだけでへたり込みそうになるくらい感じてしまう。

だが、自分でも恥《は》ずかしいと思うのだけれど、こうして前に触《ふ》れられていると、うしろが疼《うず》いて仕方がなかった。

まだほんの少し触られただけなのに、中から濡れてしまっているのが分かる。発情期はこないのにどうして、こんなふうになってしまうのだろう？

「あぁ……っ」

自分の体が分からない。不安しかない。そう思うのに、触れられているだけで快感が何もかも呑《の》み込んでしまう。なんの解決にもなっていないことは分かっているのに、それでもキルクスに求められることはうれしい。

それに、悩《なや》んでいることをキルクスに知られたくないという気持ちもある。それをごまかすためにも、快楽に溺《おぼ》れていくことは都合がよかった。

「ん……っ」

下着とズボンを下ろされて、大きな手で尻《しり》を押し開かれる。とろりと愛液がこぼれ落ちるのが分かって、頬が熱くなった。

「ひ、ぁっ」

指が、中に入り込んでくる。ぐちゅりと音を立ててかき混ぜられて、冬弥は高い声をこぼした。

「あ、あぁっ」

まだ指だけなのに、たまらなく気持ちがいい。この前抱かれてからどれくらいぶりだろう？　普段《ふだん》は我慢《がまん》しているという感覚すらないのに、一度スイッチが入ってしまうともうだめになってしまう。

それに、キルクスの指はもうとっくに、冬弥が気持ちよくなってしまう場所を知り尽《つ》くしている。

「あっ、あ、ん…っ」

指の腹でそこを押されると、かくりと膝から力が抜けた。

「おっと」

弾《はず》みでずるりと指が抜けたが、体のほうは咄嗟《とっさ》にキルクスが抱き留めてくれた。だがキルクスの腕《うで》は、冬弥を支えてくれているのと同時に、逃《に》がさないようにその場に縫《ぬ》い留める。

腰《こし》の辺りに、キルクスのものが当たっているのが分かって、それだけで体の奥がずくりと疼いた。

一度出て行った指が、すぐに数を増やして入り込んでくる。

「はぁ、あ、あぁ……っ」

そこがもっとと欲しがるように、指をきゅうきゅうと締めつけた。

「あ、あ、んっ……っ」

「随分《ずいぶん》と物欲しそうだな。奥まで入れて欲しいか？」

　何度も指を抜き差しされて、冬弥はわずかに振り向き、キルクスを睨《にら》む。

「冬弥？」

　名前を呼ばれ、睨み付けたはずの目尻《めじり》がふにゃりと撓《たわ》む。

　悔《くや》しいけれど、我慢できそうになかった。

「も、はやく……っ、奥…いっぱいに……して……っ」

「――ああ。少し、摑《つか》まってろ」

　キルクスはそう言うと指を抜き、冬弥の指がシンクの縁を摑むのを待って抱き留めていた腕も離《はな》す。

　背後でベルトを外す金属音がするのを聞いて、それだけで自分がますます高まっていくのを感じた。

　ゆっくりと、狭間《はざま》に熱いものが押し当てられる。

「入れるぞ」

「あ、ぁっ……！」

　ぐっと入り込んできた質量に、高い声がこぼれた。

　奥まで突《つ》き入れられて、そのままゆっくりと抜き出される。体の中を擦《こす》られる感覚に腰が震えた。

体勢のせいだろう。不安定なまま揺《ゆ》さぶられ、脚《あし》に力を込めると中までぎゅっと締めつけてしまう。狭《せま》くなったそこを割り開くように、キルクスのもので擦られるのがたまらなかった。

「あっ、あっ……っ」

背後から乳首をキュッと摘まれて、びくりと肩《かた》が揺れる。

「んっ、は……ぁっ」

奥のほうを突かれて中を締めつけると、今度は逆に浅い部分を小刻みに擦られた。

「冬弥……っ」

名前を呼ぶキルクスの声にまで、ぞくぞくとした快感を覚える。

「あっ、あっ…あん…っ」

奥をかき混ぜるように突かれながら、乳首を押しつぶすようにされると、恥ずかしいくらい高い声がこぼれた。

「だ、だめ……っ、そんな、深く……っ」

「だめか？　そうは見えねぇけどな」

「あ、んっ、ああっ」

強く腰を押しつけられて、深い場所まで開かれる。シンクとキルクスの間に挟《はさ》まれて逃げ場のない状態で、ただ縋《すが》るようにシンクの縁を掴む。

「この体勢じゃ、この辺りが限度か……」

「あ、あ、あ……くぅ……んっ」

奥をとんとんと突かれて、痺《しび》れるような快感に腰が溶《と》けてしまいそうだと思う。

激しい動きではないけれど、深い場所で出される快感を体はとっくに覚えてしまった。いっぱいになっているのに、もっと欲しい。搾《しぼ》り取ろうとするように、キルクスのものを締めつけてしまう。

「中に出すぞ」

「あ……っ」

耳元で囁《ささや》かれただけで、そこがきゅん、と震えた。それがたまらなく恥ずかしいのに、冬弥は知らず、頷《うなず》いていた。

「あぁっ」

深い場所から抜《ぬ》き出され、そのまま深くまで埋《う》められる。

「あ、ああっ、あっあっあんっ」

激しい抜き差しに、ただ濡れた声をこぼすことしかできない。

そして……。

「あっ……ああ——……!」

最奥《さいおう》を抉《えぐ》るように深くまで激しく突き上げられて、冬弥は絶頂へと達していた。ぎゅっと強く引き絞った奥で、キルクスもまた絶頂を迎《むか》えたことが分かる。

「は……あ、あぁっ」

ずるりと、キルクスのものが抜け落ちると、途《と》端《たん》に中からとろとろと白いものがこぼれ落ちる。

だがキルクスは気にした様子もなく、ぐったりと力の抜けた冬弥の体を抱《だ》き上げ、寝《しん》室《しつ》へと運んだ。

一度で終わらないことは、冬弥もよく分かっている。

キルクスは、まだ呼吸の整わない冬弥に触《ふ》れるだけのキスをすると、ゆっくりと覆《おお》い被《かぶ》さってきた……。

◆

「ん？」

窓を何かが叩《たた》く音がして、冬弥は寝室の窓に掛《か》けられたカーテンを捲《まく》った。

「雨だ」

いつの間に降り出していたのだろう？　道はすでに色を変えていた。

「キルクス大丈夫《だいじょうぶ》かな……」

久し振《ぶ》りということもあって、昨夜は随分《ずいぶん》遅《おそ》くまで抱き合っていたためか、冬弥は正午近くまで惰眠《だみん》を貪《むさぼ》っていたらしい。目を覚ますとキルクスの姿はなく、リビングのテーブルの上にメモが残されていた。

買ったと思った食材が一つ足りなかったらしい。それを買いに行ってくるから、冬弥は家でゆっくりしていろと書かれていた。

だが……。

窓の外はなかなかの雨脚《あまあし》だ。迎えに行ったほうがいいだろうかと考えてから、そういえばこの家に傘《かさ》はあるのだろうかと思う。

今までは雨の中買い物に出るようなことはなかった。昨日は結局、雨が降る前に帰ってくることができたから、傘の出番もなく、置き場所も分からない。

どこかの店ででも、雨宿りしてくれていればいいのだが……。

キルクスは少々強引《ごういん》なところもあるが、基本的にはやさしい男だ。冬弥を待たせていると思って、雨の中を帰ってきてしまう可能性もある。

そんなことを思いつつ、冬弥は雨に煙《けぶ》る通りを見下ろした。大きな通りを何本か入った、いわゆる住宅街なため、人通りは少ない。この雨だから余計だろう。

キルクスが帰ってくればすぐに分かりそうだ。

戻《もど》るまで下を眺《なが》めていようかと、シャツ一枚だった冬弥はズボンを身につけて寝室を出ると、リビングの窓の横に椅子《いす》を移動した。

椅子に座り、窓に寄り掛かるようにして再び通りに目を向ける。

雨の音だけがしんとした部屋に響《ひび》く。

なんだか不思議だった。

本来、海の上では雨は避《さ》けようもないものだが、ウェナティクス号は違《ちが》う。キルクスが風魔《ま》法《ほう》で巧《たく》みに嵐《あらし》を避けるからだ。

こんなふうに、何もせずに雨音を聞いている機会もない。ほんの数ヶ月前までは普《ふ》通《つう》だったことが、今はとても遠い。

あの頃《ころ》、両親のいないマンションはひどく静かで、雨の音もよく聞こえた。

家族三人で暮らしていたマンションに、たった一人残されていることを、思い知らせるかのように。

だから、こうして帰る人を待つことができるのは、本当に幸せなことだと思う。

――家族、か。

思い出した途端、不意に昨夜のキルクスの言葉が思い出された。

子どものことや、料理人を雇《やと》うこと。キルクスは一部冗談《じょうだん》のように言っていたけれど、本当はきっと前から考えていたのだろう。

いや、そもそも当然のことかもしれない。

自分は、妊娠《にんしん》などしないのではないかとばかり思っていたから、気が回らなかったけれど、子どもができたとなれば船の上――しかも海賊《かいぞく》船で働くことはいかにも危険なことのように思えたし、料理どころか治療《ちりょう》の仕事さえ、ままならない時期もあるだろう。

だがそれも、自分が妊娠できれば、という前提の話だ。

相変わらず窓の外を眺めながら、冬弥は昨夜キルクスに撫《な》でられた腹に触れる。発情期らしきものがあったのは、ここに来た当初だけで、それから一度もない。

キルクスとは陸に上がるたび体を重ねているが、αはもともと生殖《せいしょく》率が極端《きょくたん》に低く、発情期のΩ以外はほぼ妊娠させることはできないと聞いている。

だからこそ、αでなければ王になれないというような国は、執拗《しつよう》なまでにΩを求めているのだ。冬弥を召喚《しょうかん》した、バルクーク帝国《ていこく》もまたその一つだった。

当然、いくらキルクスが自分を抱いても、発情期が来ない限り望むような結果を与《あた》えてやることはできない。

そんなことはキルクスだって、百も承知だろうに……。

それでも、毎回飽《あ》きることなく求められることに、安堵《あんど》している。

「俺、キルクスに、甘えてばっかりだよな……」

自嘲《じちょう》を込めて呟《つぶや》いたときだ。

眼下で何かが動いた。

ぼんやりと眺めるだけになっていた冬弥は、いつの間にか曇《くも》っていた窓を手のひらで拭《ぬぐ》い、外をじっと見つめる。

そして、大きく目を見開いた。そこでは男が子どもの手を捻《ひね》り上げている。スリでも捕《つか》まえたかのような光景だが、冬弥が驚《おどろ》いたのはその子どもがニコロだったからだ。

「――ちょこまかと逃《に》げやがって」

「は、放してっ、放してください！」

窓越《ご》しの声も、くぐもっていたが、間違いなくニコロのものだ。

冬弥は慌《あわ》てて椅子から立ち上がると、ブーツの紐《ひも》も締《し》めずに外へと飛び出した。

「あの！　待ってください、その子が何か……」

冬弥が慌てて声を掛けると、ニコロと男が揃《そろ》って冬弥のほうへと視線を向ける。

その表情になんとなく違和感《いわかん》を覚えた。ニコロの怯《おび》えと恐怖《きょうふ》に歪《ゆが》んだ泣き出しそうな顔は男に痛めつけられているせいだろうが、男はなぜか冬弥に声を掛けられたことに気まずそうでもなければ怒《おこ》った様子もない。

眉《まゆ》こそ、怒《いか》りの感情を表すようにつり上がっていたが、唇《くちびる》はまるで笑《え》むように歪んでいた。

「お前、こいつの知り合いか？」

違和感に気を取られていた冬弥は、そう訊《き》かれて一瞬《いっしゅん》言葉に詰《つ》まったものの、すぐに頷く。

「その子が何かしたんですか？」

ニコロが本当に何かしたとは思っていない。ここは海賊の立ち寄る街で、血の気の多いものも、酒に酔《よ》ったものも多かった。誤解され、もしくは何もしていないのに因縁《いんねん》を付けられている可能性も高い。

しかし、ルイやサリドたちはどうしたのだろう？　突然《とつぜん》の雨を避けようとしてはぐれてしまったのだろうか。

そう思いつつ、冬弥はニコロに近付く。

「何かってなぁ」

男がなぜだか笑みを深くした。

「っ……!?」

男が腰《こし》から湾曲《わんきょく》した刀を抜《ぬ》き、ニコロの首元に刃《は》を当てる。

「何をするんだ！　やめろ！」

「それ以上近付くな」

男の行動を止めようと踏《ふ》み出した冬弥は、言葉と同時にその刃が首の皮を切り裂《さ》くのを見て動けなくなる。

「こいつの命が惜《お》しいなら、大声を出すな」

そう言われて、一度唇を噛《か》む。

「……金ですか？」

男の癇《かん》に障《さわ》らないように、雨音にかき消されない程度の声でそっと尋《たず》ねる。

「いいや？」

男がそう言った、次の瞬間――――。

「なっ……」

突然、視界を奪《うば》われて冬弥は目を瞠《みは》った。いや、単に視界を奪われたのではない。抗《あらが》おうとして、何やら袋状《ふくろじょう》のものを被されたようだと気づく。

「何を……は、放せ！」

冬弥は慌てて口を開く。だが……。

「大声を出すなと言っただろう」

そう言われて、ハッと息を呑《の》む。

同時に狙《ねら》いは自分だったのかと気づいたが、もう遅《おそ》い。自分一人ならばそれでも暴れただろう。だが、ニコロがいる。今は視界を塞《ふさ》がれていて見えないが、自分が抗えばニコロが傷つけられることは間違いない。

「あっ……」

どうすればと、臍《ほぞ》を噛むうちに足を縛《しば》られ、担《かつ》ぎ上げられた。驚きに思わず声を漏《も》らしたものの、冬弥はまたすぐに口を噤《つぐ》む。

「そうそう、そうやって静かにしてれば乱暴はしねぇよ」

笑いを含《ふく》んだ声に奥歯を強く噛み締めた。どうやら、男たちは冬弥をどこかへ運ぶつもりらしい。

唯一《ゆいいつ》幸いだったのは、縛られたのが手ではなく足だったということだ。担がれたままでは大して動けないし、あまり動いてはまたニコロに危険が及《およ》ぶ可能性がある。

だが、多少ならば……。

冬弥は混乱と動揺《どうよう》でぐらぐらする思考をどうにか宥《なだ》めて、ゆっくりと胸元《むなもと》に手を伸《の》ばした。

「い……っ」

どさりと床《ゆか》に下ろされて、冬弥は痛みに顔を顰《しか》める。

袋《ふくろ》を取り去られ、視界が戻《もど》ってくる。広いとは言えない室内は鉄格子《てつごうし》で二つに分けられており、男が三人とニコロがいた。一人とニコロが鉄格子の向こう側――入り口近くに立ち、他《ほか》の二人は冬弥の近くでにやにやとこちらを見下ろしていた。

ニコロの首元に刃物が押し当てられていないことに、ほっとする。とはいえ安堵している場合でないことは明らかだ。

「一体、なんのつもりだ？」

半ば予想しつつも、冬弥は男たちに尋ねる。本当は怒鳴《どな》りつけてやりたかったが、ニコロがそこにいる以上逆上させるような危険は冒《おか》せない。

「なんのって、分かんだろ？」

にやにやと笑ったのは、入り口近くにいた男だ。先ほどニコロに刃物を突《つ》きつけたのとは別の男で、三人の中では最も年嵩《としかさ》に見える。

「さるお方に頼《たの》まれて、Ωを捕獲《ほかく》しに来たんだよ」

さるお方、という言葉にはわずかな敬意も感じられず、どうやら直接の関係者というわけではないようだと思う。

「なぁ、こいつ本当にΩなのか？」

「間違《まちが》いないはずだ。匂わねぇのはすでに番《つがい》がいるからだろう」

近くにいた二人が口々にそう言いながら、じろじろと体を見つめてきた。冬弥はわずかに身を縮める。

「だが、悪かねぇな」

袋を一枚被《かぶ》せられていたとは言え、冬弥の体はすっかり雨に濡《ぬ》れ、シャツはその体の線をくっきりと浮《う》かび上がらせていた。

「そうだなぁ、納品する段になって間違いだったってわけにはいかねぇし、確認《かくにん》しとくか？」

「Ωってのは、発情期じゃなくても感じりゃ女のように濡れるんだろ？」

下卑《げび》た笑いを浮かべてそう言った男にぞっと総毛立つ。

キルクスの番になる前にはこんなことは、いくらでもあった。実際に襲《おそ》われそうになったこともある。けれど、船では一切《いっさい》そんな目で見られることがなかったため、忘れかけていた。

以前は幸い退けることができたけれど、今回はどうだろう。男たちは皆《みな》、自分より体格がよく、三人もいる上に自分は足を縛られている。とてもではないが、逃げ出せるとは思えない。

「ばかやろう、やめねぇか」

だが、意外にも年嵩の男がそう言って二人を窘《たしな》めた。どうやら、この男がリーダーのようだ。

「手ぇ出したことが知れたら、どうなるか分かってんだろうな」

その言葉に男たちは仕方ないと言うように、ため息を吐《つ》く。

「へいへい」

「金が入りゃいくらでも女が買える。発情してるわけでもねぇΩよりは、よっぽど具合がいいだろう。さっさと余計なもん持ってないかだけ調べちまえ」

そう言われればその通りかと二人は頷《うなず》き、冬弥の服のポケットなどを探《さぐ》る。だが、冬弥が武器になるようなものは何も持っていないと分かると、すぐに手を離《はな》した。

「さてと、次はこいつだな」

「や、やめろ！」

男たちが見たのがニコロであることに気づいて、冬弥は咄嗟《とっさ》に声を上げていた。立ち上がろうとしてバランスを崩《くず》し、前のめりに倒《たお》れ込む。

「その子に手を出すな！」

床に伏《ふ》したままそう言うのが精一杯《せいいっぱい》だった。

だが、そんな冬弥を見て男たちは顔を見合わせ、嘲《あざけ》るように笑う。

「まだ気づいてなかったのか」

「Ωさまは世間知らずが多いからな」

あからさまにばかにした口調で男たちは言い、一人がにやにやと笑いながら倒れた冬弥の顔を覗《のぞ》き込むようにしゃがむ。

「こいつは俺たちの雇《やと》い主がお前を捕《つか》まえるために、船に乗り込ませたんだ」

「え……」

考えてもみなかった言葉に、冬弥は言葉を失い、目を見開いた。

ニコロが？　自分を捕まえるために……？

つまり、スパイのようなものだったということだろうか？　こんな小さな子どもが？

信じられない思いでニコロを見るが、ニコロは冬弥から視線を逸《そ》らしたまま俯《うつむ》いている。

「まぁ今となっちゃ用済みだ」

不穏《ふおん》な響《ひび》きを持つ言葉に、混乱していた冬弥はハッとして男を見た。ニコロもまた顔を上げ、男を凝視《ぎょうし》している。

「さてどう始末するか」

その言葉に、ニコロは絶望したように目を見開いた。

「約束が、違う……っ」

絞《しぼ》り出すような声でそう言って、大きく首を横に振《ふ》る。

「奴隷《どれい》との約束なんて守るわけねぇだろが」

「ばかなガキだ」

男たちはそう言ってニコロをせせら笑った。

「どうする？　ここで始末しちまうか？」

男の一人の手が鉄格子の向こうへと移動しながら、剣《けん》の柄《つか》に触《ふ》れた。ニコロがぴくりと体を震《ふる》わせ、無意識にだろうが、入り口のほうへと後退《あとずさ》った。だが、そこには年嵩の男が立ち塞がっている。男はそれを知らせるように、ニコロの肩《かた》に手を置いた。

ニコロの細い肩が、びくりと震える。

「いいかもしれねぇな。その袋に入れて運び出すか。魚の餌《えさ》にでもしちまえばいいだろう」

その袋、というのは冬弥を入れてきた袋のことだろう。なんの躊躇《ためら》いもない、淡々《たんたん》とした口調だった。こんなことは、この男たちにとっては何でもないことなのだと分かる。

このままではニコロは本当に……。

「やめろ！」

気づくと、冬弥は再びそう声を上げていた。

「おいおい、説明してやっただろ？　こいつは――」

「その子を殺すなら、俺も死ぬからなっ」

「はあ？」

言葉を遮《さえぎ》ってそう言った冬弥に、近くにいた男が呆《あき》れたような顔をする。

「話聞いてたか？」

「ニコロが裏切り者だって話だろう？　分かってて言ってるんだ」

言いながら、年嵩の男へと視線を向ける。

「その子を殺す気なら、俺も死ぬ。俺が死んで困るのはあんたたちも同じなんじゃないのか？雇い主とやらから、その子を始末しなかったことを怒《おこ》られるって言うなら、俺が説明する」

必死でそう言い募《つの》ると、三人は顔を見合わせた。ニコロも信じられないというような目で、冬弥を見ている。

だが、冬弥はそのすべてを無視して、ただ年嵩の男を見つめ続ける。

やがて男は、呆れたようにため息を吐いた。

「……おい、このガキを一緒《いっしょ》に閉じ込めておけ」

「いいのかよ」

「仕方ねぇだろうが。Ωのほうに死なれちゃ困るんだ。無事に引き渡《わた》さなけりゃ、こっちのほうが危ねぇ」

「そりゃそうだけどよ」

言いながら、目の前の男は冬弥のそばを離れ、ニコロの腕《うで》を強く引いた。

「あっ」

「ニコロ……っ」

勢いを付けて倒れ込んだニコロに、冬弥は這《は》いずるように近付く。途《と》端《たん》に音を立ててドアが閉まった。ドアに鍵《かぎ》がかけられる。

「迎《むか》えが来るまでおとなしくしてろ。お前に何かあれば、このガキは殺すからな」

そして、そう言い置いて部屋を出て行った。ドアが閉まると同時に、そちらにも鍵が掛《か》けられたことが分かる。

安心している場合ではないことは分かっているが、男たちの姿が見えなくなったことでようやく体から力が抜《ぬ》けた。

「――……怪我《けが》はないか？」

冬弥は床《ゆか》に手を突《つ》いて起き上がったニコロに、戸惑《とまど》いつつも声を掛ける。ニコロは驚《おどろ》いたように冬弥を見つめ、それから唇《くちびる》を噛《か》んで視線を逸らす。

「どうして……」

「ん？」

「どうして、俺を庇《かば》ったりしたんだ？」

震える声でそう問われて、冬弥は答えに詰《つ》まった。

「俺があいつらとグルになってあんたを騙《だま》したんだって、もう分かってるんだろ？」

「分かってるけど……」

ごそごそと起き上がり、膝《ひざ》を抱《かか》えるように座り直す。それから、そっとため息を吐いた。

「正直、自分でも分からない」

「え？」

戸惑っているらしいニコロに、冬弥は苦笑《くしょう》を浮かべる。

だが、本当に分からないのだ。けれど、見捨てることだけはできなかった。絶対に。

「ニコロが俺たちを裏切ってたことは驚いたし……悲しいと思ってる」

自分にはまったく懐《なつ》いてくれなかったけれど、ルイとサリドとは上手《うま》くやっているように見えた。仕事も、真面目《まじめ》に取り組んでいてくれたと思う。

少しずつではあっても、ウェナティクス号に馴染《なじ》み始めていると、そしてそれをニコロも喜んでいるとさえ思っていた気がする。

だが、ニコロはあの男たち、正確に言えばその雇い主の命令で船に残っていたのだ。

どこからが策略だったのだろう？　あのとき襲《おそ》ったあの船が、そもそも敵の罠《わな》だったということになるのだろうか。

しかしなんにせよ、ニコロは奴隷の振りをしていたわけではない。先ほどの男の言葉から、ニコロが奴隷であるという事実は変わらないことも分かっている。

そして、乗船したばかりの頃《ころ》のニコロの怯《おび》えきった態度にも、嘘《うそ》はなかったと思う。

あんなにも心が縮こまってしまうような扱《あつか》いを受けてきたニコロが、雇い主の意向に逆らうことなど、とてもではないができなかっただろう。

けれど……そうだとすると、分からないことが一つあった。

「ニコロはどうして、俺と仲良くなろうとしなかったんだ？」

「え……」

冬弥の質問に、ニコロは表情を強《こわ》ばらせる。

「俺を今日みたいに釣《つ》り出すのが目的で乗り込んでいたなら、俺と仲良くなったほうがよかったんじゃないか?」

自分がニコロに対して好意を持っていなかったら――ニコロの危機に対して動こうと思わなかったら、成立しない作戦だった。

「そ、れは……単に、あんたみたいなのは、うさんくさいと思って……どうせ気まぐれでやさしい振りしてても、本当は俺たちのことなんて見下してて、気にくわないことがあったら殴《なぐ》ってくるんだって、思って……」

少し触れただけで、痛いことが起きるのだと覚悟《かくご》するように怯えていた体を思い出す。

確かに、その言葉は嘘ではないのかもしれない。けれど……。

「それでも、俺と仲良くなれって、言われたんじゃないのか?」

「……言われた、けど」

ニコロはきゅっと眉《まゆ》を顰《ひそ》める。

しばらく考えるような沈黙《ちんもく》があった。だが、冬弥が何も言わずに続きを待っていると、ニコロは居心地《いごこち》が悪そうに身じろぎ、やがてもう一度口を開く。

「お、れ、俺も、分かんないよ……っ!　あんたのこと、騙すんだって、そのためなんだって思って、でも……」

苦しそうに胸元《むなもと》を摑《つか》む手が震えている。

「あんたは王妃《おうひ》になるはずの人で、船長はそれをさらった悪いやつなんだって聞いてた。俺、俺は、そんな偉《えら》い人なら余計に、嫌《きら》いだって思って……なのに、あんたも、船長も、全然そんなふうに見えなかった……」

「だから、俺と仲良くしないようにしてたのか？」

冬弥のことが嫌いだったから避《さ》けていたわけではなかった。

むしろ、そうではなかったから、騙すために近付くことを躊躇ってくれたのだろう。

裏切られて悲しいと思った気持ちが、するりと解《ほど》けていく。やっぱり、ニコロを見捨てなくてよかったのだと安堵《あんど》した。

「でも、俺は自分の命が大事で……いつも、役目を果たさないとだめだって、思ってた」

ニコロがずっと怯えて見えたのは、そのせいもあったのかもしれない。

こんな小さな子が、たった一人で海賊《かいぞく》船に乗り込まされて、どれだけ不安だっただろう。バレれば殺されると思っていたかもしれない。ウェナティクス号の船員たちはそんなことをしないと、冬弥は分かっているけれど、ニコロはそうではなかったはずだ。そう思うと、ニコロがかわいそうでならなかった。

「自分の命が大事なのは、当然だろ」

冬弥の言葉に、ニコロが顔を上げる。

床に手を突いて、ニコロに手が届く範囲《はんい》まで近付く。ニコロは逃《に》げなかった。

「大変だったな」

そう言って髪《かみ》をそっと撫《な》でると、見開いた目に涙《なみだ》が滲《にじ》み、ニコロは顔をくしゃくしゃにして泣き出した。

「――……ごめんなさい」

「いいよ」

冬弥は頭《かぶり》を振《ふ》って、ニコロの頭を抱《だ》き締《し》めた。熱い息が首元に触《ふ》れる。それは本当にニコロがまだ子どもなのだと冬弥に伝えるようで、ますますかわいそうになってしまった。

ニコロが泣き止《や》むまでそうしてやってから、冬弥はそっと体を離《はな》し、その首筋にある傷に触れる。先ほど刀を押しつけられたときにできた傷だ。深い傷ではなかったため、軽く触れただけで跡形《あとかた》もなく消えた。

「あ、ありがとう……」

ニコロは泣きすぎて掠《かす》れた声でそう言うと、確認《かくにん》するように首筋に触れる。

「痛む？」

そう尋《たず》ねると、頭を振った。

「……治してもらったところ、ぽかぽかするんだ。あったかくて、触《さわ》ると安心、する」

「そうなのか？　初めて知った」

そういえば、治療《ちりょう》のあと、そこを撫でている人はときどき見る。あれは、治ったことを確認しているのだと思っていたけれど、そういう理由もあったのかもしれない。

「ルイさんも、言ってた。あんたに治療されると、あったかくて気持ちがいいんだって。あんたがやさしい人で、治す相手のことを大事に思ってくれてるのが分かるって……。サリドさんも、だからあんたは怖《こわ》くないし、みんなあんたのことが好きなんだって」

ニコロの言葉に、冬弥は目を瞠《みは》った。

「二人が……そんなことを」

おそらくルイとサリドは、冬弥がニコロに懐いてもらえないのを気に病《や》んでいると知って言ってくれたのだろう。

だが、その言葉は冬弥にとってはそれ以上の意味があった。

「――……そんなふうに、思ってくれてたのか」

自分が彼らとの間にまだ一枚壁《かべ》……と言うほど厚いものではないが、何か膜《まく》のような、踏《ふ》み込めないものを感じている間にも、ルイは自分を好きだと思ってくれていた。サリドの弁を借りるなら、他《ほか》の船員も、全員ではなくとも好意を抱《いだ》いてくれているということになる。

自分はまだ、キルクスの番《つがい》としての役目を果たせていないのに……。

もちろん好かれていないと感じていたわけではない。けれど、それはキルクスの番であるという部分が多大に影響《えいきょう》しているのだと思っていた。

自分が、何かを成しているわけではないと、思っていたから。

だからこそ、そんな自分の居場所がひどく不安定なものに感じていたのだ。

けれど、ルイとサリドは冬弥の知らないところで、冬弥の彼らへ向ける気持ちを受け取って肯定《こうてい》していてくれたのだ。

――自分は本当にばかだな。

自分が彼らの一員になっている自信がなかった。けれど、それを理由にするのはあまりに自分勝手だ。

認めてくれている人たちの気持ちを蔑《ないがし》ろにしていい理由なんて、一つもなかったのに……。

「みんなのところに戻《もど》らないとな」

鼻の奥がツンと痛んだのをごまかすように、そう言って小さく深呼吸する。

「でも……」

ニコロの表情が暗く沈《しず》んだ。

冬弥はそんなニコロの肩《かた》を、そっと抱き寄せる。

「キルクスたちが必ず助けに来てくれるから、大丈夫《だいじょうぶ》」

冬弥は自身に言い聞かせるようにそう言った。

キルクスはもう、自分がいなくなったことに気づいているだろう。

きっと、捜《さが》しているに違《ちが》いない。ウェナティクス号の仲間達にも号令がかかっているだろうか。自分のせいでキルクスたちに迷惑《めいわく》を掛《か》けているだろうことに、心が痛む。

冬弥はニコロの肩を抱いていた腕《うで》を離すと、自分の足を縛《しば》っているロープを解き始める。たいしてきつい縛《いまし》めではなかった。冬弥に傷を付けるのを恐《おそ》れたのもあるだろうが、あくまで、ここに連れてくるまでの逃走《とうそう》を防ぐためだったからだろう。

鉄格子《てつごうし》はわずかに錆《さび》が浮《う》き、経年劣化《れっか》を感じさせたが、何度か揺《ゆ》すってみた感じでは自分やニコロがどうにかできるものではなさそうだった。

「ここが、どこか分かるか？」

「はっきりとは……。でも、船長の家からそんなに離れてはないと思う」

確かに移動した時間はそれほど長くなかった。

「本当はすぐに船に乗せる予定だったんだけど、この雨で到着《とうちゃく》が遅《おく》れてるって」

「そうか……」

だが、雨が降っていて幸運だったとは言いきれない。

雨のせいで痕跡《こんせき》が残りにくかったかもしれない。人通りもなかった。運ばれている間の目撃《もくげき》者はどれだけいるだろう？　分からない。

――キルクスは、察知してくれるだろうか？

内心は不安だが、ニコロにそれを悟《さと》られるわけにはいかなかった。

「そういえば、あいつらは何者なんだろうな。この街にいるってことは海賊なのか……ニコロは知ってるのか？」

「分からない。ただ……」

「ただ？」

「俺の主《あるじ》は、船長の兄の部下だと……思う」

「キルクスの兄の……？」

思わぬ人物の登場に、冬弥はパチリと瞬《しばたた》く。

「前、船長のこと、出来の悪い弟って、言ってた。出来の悪い弟のせいで、クライヴ様？　も苦労させられる……みたいなこと」

「クライヴ……」

「クラ、なんとかだったと思う。でも間違っているかも」

「キルクスに訊《き》けば分かるかもな」

そう口にしたものの、冬弥の頭の中は疑問でいっぱいになっていた。

冬弥はバルクーク帝国《ていこく》によって、こちらの世界に召喚《しょうかん》されたのだが、召喚された理由は『第一皇子の番にするため』だ。

以前、今回と同じように冬弥を捕《と》らえようとした男の口から聞いたのだから、間違いない。

先ほどニコロが冬弥のことを、王妃になるはずの人だと聞いていた、と言ったこととも矛盾《むじゅん》しない。

となると、この件に関《かか》わっている以上、その人物は少なくとも王家の婚姻《こんいん》に携《たずさ》われるだけの地位があるはずだ。

キルクスの兄というのは、そんな立場の人間なのか？

冬弥は以前、キルクスから家族について、少しだけ聞いたことがある。母親はすでに亡《な》く、他の家族はキルクスが海賊《かいぞく》船の船長として名が売れるまで、海賊になったことも気づかなかったような間柄《あいだがら》だと言っていた。バルクークの出身であることも聞いてはいたけれど……。

そう考えていたときだ。

「え……っ!?」

突然《とつぜん》、建物全体が揺れた。

咄嗟《とっさ》に冬弥はニコロを庇《かば》うように抱き寄せる。

ニコロの体も硬《かた》く強《こわ》ばっていた。

ドアが大きな音を立てて開き、先ほどの男たちの一人が走り込んで来る。

ひょっとして、と思ったのは男の顔色がひどく悪かったからだ。キルクスが、来てくれたのか？

男はひどく慌《あわ》てた様子で牢《ろう》の鍵《かぎ》を開けようとしたが、焦《あせ》っているためだろう。なかなか鍵穴《かぎあな》に鍵が差さらない。

「……ニコロ、奥にいろ」

小声でそう言って、冬弥は抱き込んでいたニコロを放し、奥へと向かわせる。もちろんそう広い牢ではない。奥といっても大して距離《きょり》が取れるわけではないが、男は一人だったし、これだけ慌てているのなら、冬弥だけを連れ出そうとする公算が高いと踏んだのだ。

もちろん、冬弥が拒否《きょひ》すればニコロを人質《ひとじち》にしようとするだろうが……。

がちゃんと、重い音を立てて鍵が開く。

「さっさと立て！」

男は中に入り込むと、座り込んでいた冬弥の腕を乱暴に掴《つか》んだ。引き摺《ず》られ、わずかに腰《こし》を浮かせた――――そのとき。

「その手を放せ」

地を這《は》うような声がして、冬弥は大きく目を見開いた。

「キルクス！　あ……っ」

ぐいと男に引き寄せられ、喉元《のどもと》に刃物《はもの》が当てられる。冷たい感触《かんしょく》に、冬弥は思わず息を呑《の》んだ。

「動くんじゃねぇ！　こいつがどうなってもいいのか!?」

男の声は惨《みじ》めなほどに震《ふる》えている。キルクスの名は海賊の間では有名だ。その実力も、男はよく分かっているのかもしれない。

しかも、キルクスの目は炯々《けいけい》と光り、今にも喉笛《のどぶえ》に食《く》らいつきそうなほどの獰猛《どうもう》さを感じさせた。

睨《にら》まれた男の手がガタガタと震え、わずかに力が抜《ぬ》ける。冬弥は、男から逃《のが》れようと身を捩《よじ》った。

「あ、この……っ！」

再び手を伸《の》ばした男がバランスを崩《くず》す。見ると、男の膝裏《ひざうら》をニコロが蹴《け》りつけていた。そして、次の瞬間《しゅんかん》には、男は激しく吹《ふ》き付ける風によって吹き飛ばされ、したたかにその体を壁《かべ》へと打ちつけられていた。

「冬弥……っ」

キルクスが駆《か》け寄り、冬弥をきつく抱《だ》き締《し》める。

冬弥は何も言えないまま、頷《うなず》いてその背を抱き返した。安堵《あんど》のあまり涙《なみだ》がこぼれ、体からぐったりと力が抜けそうになる。

来てくれた。

きっと、そうなると信じていたけれど……。

「お、トーヤは無事のようだな」

入り口からラウザの声がして、冬弥はハッとそちらに視線を向ける。

「姐《あね》さん！　よかった……！」

安堵したような声はパセルのものだ。そのままパセルが外に向かって冬弥の無事を伝えると、喜びとキルクスを称《たた》える声がいくつも上がる。

じわりと、再び涙腺《るいせん》が緩《ゆる》む。

「ありがとう……」

泣きながら微笑《ほほえ》むと、ラウザがよかったと言うように頭を撫《な》でてくれた。

だが、のんびりしていられたのはそこまでだ。

「冬弥、お前あいつらに何をされた……？」

少し掠《かす》れた声でキルクスに問われ、冬弥は頭《かぶり》を振《ふ》る。

「連れてこられただけで、特には……」

「だが、この匂《にお》いは……」

首元に熱い息がかかって、ハッとした。

「ご、ごめんキルクス、実は——」

「あ、だめだ……っ、も、あ、あぁっ」

膝裏を掴まれたまま、上から激しく腰を打ちつけられて、冬弥はあまりに強い快感を散らそうと頭を振る。

抜き差しを繰《く》り返すたび、一度中で出されたものが泡立《あわだ》ちながら溢《あふ》れ、背中のほうへと流れていく。

シーツはすでに、二人分の体液で濡《ぬ》れそぼっていた。

まるで発情期のような激しさに、冬弥は少しだけ魔法《まほう》道具屋の店主を恨《うら》みたくなる。だが、そのせいで助かったのも事実なのだ。

あのとき、攫《さら》われた現場からそれほど離《はな》れないうちに、冬弥は件《くだん》の練り香《こう》をこっそりと首の下あたりに塗《ぬ》りつけた。

自分の匂いが目印になるように、と思ってのことだった。

自分では分からなかったが、店主の言葉通り、冬弥のフェロモンの匂いは増幅《ぞうふく》されていたようだ。キルクスは冬弥の匂いを追って、あの場所を突《つ》き止めてくれた。

だが、問題はそのあとだった。

もともとあの香の目的は、αを発情させることにある。

雨で多少かき消されていたせいもあり、また店主の言ったように古くなって多少効果も落ちていたのだろう。あの場ですぐに押し倒《たお》されることこそなかったが、練り香の説明を聞いたキルクスは、あとの始末を一緒《いっしょ》に駆けつけてくれていたラウザたちに託《たく》し、すぐに冬弥を家に連れ帰った。

それからずっと抱かれている。

もう、どれだけ時間が経《た》っただろう？

「ひ、あぁっ、そんな激し……あぁっ」

浅い場所を何度も擦《こす》られて、爪先《つまさき》がピンと伸びる。濡れそぼったものの先端《せんたん》からはとろとろと透明《とうめい》な雫《しずく》がこぼれるばかりだ。

もう自分が何度イカされたか分からなかった。

本当の発情期ならば、自分自身もわけが分からなくなってしまうからまだいい。だが今は、あの練り香によってキルクスだけが発情している状態だ。もちろん、自業自得《じごうじとく》なのは分かっているし、嫌《いや》だとは思わない。だが……。

「や、止まって……っ、まだっ…ぁっ、イッてる、から……ぁっ」

ぬぽ、と音を立てて引き抜かれ、一瞬だけほっとしたものの、すぐに体を転がされ、片足を高く持ち上げられた。

「止まれるわけが、ねぇだろ……っ」

「も……だめ、ぇっ、あぁっ」

ぬかるみに、深々と突き入れられて、視界がちかちかと明滅《めいめつ》する。まだイッていたはずなのに、再び絶頂を迎《むか》えた気がした。

なのに、キルクスは止まることなく腰を打ちつけてくる。

「あ、あぁ…っ、深……ぃっ、あ、あ……ぁ、奥、だめ……っ」

この角度が一番深くまで入り込めると、キルクスもよく知っているのだ。だから、ぐりぐりと腰を押しつけるようにして、深い場所を開いていく。

他《ほか》の体位ではめったに開かれることのない場所まで強引《ごういん》にこじ開けられて、先端の太い部分を抜き差しされた。

「ひ、ぁっ、あ、あ、あ、あぁ！」

その深い場所を突かれると、がくがくと腰が震え、ずっと絶頂にいるような、訳の分からない感覚になる。

怖《こわ》いくらい気持ちがよくて、何も考えられない。

もう無理なのに、震えるたびにきゅうきゅうとキルクスのものを締めつけてしまう。

「だめ…ん、やっ…ぁ、あぁっ」

締めつけた場所を開かれると、その分いっぱい擦られて気持ちよくなってしまう。

その上、親指で赤く尖《とが》った乳首《ちくび》を押し潰《つぶ》すようにされて、またうしろを締めつけた。

「あ、んっ、気持ち、い、から、しないで……っ」

「気持ちいいなら、いいだろ？」

「だめ、なんだって…ぇ……あ、んっ」

きゅっと摘《つ》まれて、腰が揺《ゆ》れた。

こんなふうにされると、止まらなくなる。

「だめ、なのに……ぃっ、あ、んっ」

一番深いところで出して、濡らして、胎《はら》の中を満たして、かき混ぜて、孕《はら》ませて欲しい。

自分でもどうかと思うほどいやらしい欲望で、頭がいっぱいになる。

「中、中に…欲しぃ、いっぱい、出して……っ」

「ああ、いくらでもくれてやる……っ」

「ん、あっ、あぁっあっあっあんっ」

何度も奥を突かれて、押し出されるみたいに濡れた声がこぼれる。

ヒクヒクと中が痙攣《けいれん》して、キルクスの精液を搾《しぼ》り取ろうとしているみたいだった。

いや、きっとそうなのだ。欲しくて欲しくて、仕方がないのだから……。

「あ、あぁ――――！」

ようやく奥で出されたときは、あまりの快感に一瞬意識が飛んだ。

ずるりと抜《ぬ》き出される感覚に、ふと意識が戻《もど》り、ようやく終わったのだろうかと思ったが、今度は俯《うつぶ》せにされる。

腰《こし》を上げさせられるわけでもなく、ただべたりと寝転《ねころ》んだ冬弥の足を軽く開かせて、キルクスが覆《おお》い被《かぶ》さってくる。

「ッ……」

息を呑《の》んだのは、キルクスのものが太股《ふともも》のあたりに触《ふ》れたためだ。たった今自分の中でイッたばかりのはずのものが、また硬《かた》くなっている。

　片手で尻《しり》を開かれると、こぷりとキルクスに与《あた》えられたものがこぼれ出す。

「う、そ……や、待って……」

　完全に閉じることのできなくなってしまった場所を、先端で何度か擦られた。

「……ここは、欲しがってるみたいだな」

「ち、ちが……も、だめ……っ」

　だが、表面を擦られるたび、そこが言葉とは裏腹に、ぱくぱくと震《ふる》えながら、キルクスのものを呑み込もうとしているのが分かる。

「も、ほんとに……無理……んんっ……！」

　再び入り込んできた熱に、涙声《なみだごえ》でそう言ったけれど、少し腰を引かれると縋《すが》るように中が絡《から》みついていくのが分かる。

　つらい、苦しい、と思うのに、体は貪欲《どんよく》なまでにキルクスを求めていた。当然キルクスにもそれが分かるのだろう。荒《あら》い息をこぼしながらも動き始める。先ほどまでの激しさとは打って変わった、ゆっくりとした動きだ。

「あ……ん……んっ」

　背中に大きな体が覆い被さっていて、まるでキルクスの体の中に閉じ込められているような、そんな気がした。

だが、それを嫌だとも、窮屈《きゅうくつ》だとも思わない。むしろどこかほっとする。

「冬弥……」

「んっ……ぁ」

名前を呼ばれ、項《うなじ》をねっとりと舐《な》められた。そこには、キルクスの歯形がくっきりと残っている。噛《か》まれたのは、この世界に来たその日のことなのに、消えることのない番《つがい》の証《あかし》。

甘噛《あまが》みされると、それだけで中にいるキルクスを締《し》めつけてしまう。

「……愛してる」

甘い声で告げられて、耳が溶《と》けるのではないかと思った。

「――……俺も、好き」

小声でそう言うと、項をもう一度やわらかく噛まれる。

そうして、今度こそ完全に気を失うまで、冬弥は快楽を与えられ続けた……。

◆

翌日、物音に目を覚ますと、寝室《しんしつ》には自分しかいなかった。物音はリビングのほうからしているようで、冬弥はベッドを降りると奥からとろりとこぼれ出したものに頬《ほお》を染める。

あれだけどろどろのぐちゃぐちゃにされたはずの体は、きれいにされていたがまだ奥に残っていたらしい。自分は記憶《きおく》がないから、キルクスがある程度は拭《ふ》いてくれたのだろうが……。

持ち込んでいた替《か》えのシャツを羽織る。ズボンはシャワーを借りてからのほうがよさそうだ。

そんなことを思いつつ着替《きが》えを片手にリビングに行くと、キルクスが隣《となり》のキッチンで食事の支度《したく》をしてくれていた。

「起きたのか。体は大丈夫《だいじょうぶ》か？」

「うん……キルクスのほうこそ、無理させて悪かったな」

何も考えずに飛び出して男たちに捕《つか》まったのも、助かるためとはいえあの練り香《こう》を使おうと判断したのも自分である。

発情状態になったキルクスに無茶《むちゃ》されたところで、責められるものではない。

「しかしとんでもない薬が、あったもんだな……」

苦笑《くしょう》しつつキルクスは言い、冬弥はため息を吐《つ》いて頷《うなず》いた。

しかし発情期のときはあれが三日続いたのかと思うと、信じられないと今さらながら思う。

そんな機会はないだろうが、二度とあの練り香は使うまい、と心に決めた。

だがそう考えてからふと、いつの間にかあのペンダントがなくなっていたことに気づく。

昨夜の行為《こうい》の途中《とちゅう》で、どこかへ行ったか、体を拭くときにキルクスが外したかしたのだろうか。

「念のために古道具屋に確認《かくにん》しに行かせたが、お前の体には特に影響《えいきょう》はないらしいから安心しろ」

「そっか……」

フェロモンの分泌《ぶんぴつ》自体を促《うなが》す効果ではない、ということなのだろう。

あくまで通常時に微量《びりょう》に出ているフェロモンの匂《にお》いを、増幅《ぞうふく》させるためのもの、ということなのか……。

「とりあえず風呂《ふろ》、借りてもいい？」

「ああ、用意してある。一人で大丈夫か？」

少し心配そうな顔をされて、思わず笑《え》みがこぼれた。頷くと、キルクスもほっとしたように微笑《ほほえ》んだ。

「なら、好きにしろ。出てくるまでに飯を作り終えとくから」

その言葉に甘えて冬弥はバスルームへと向かった。すぐには風呂に浸《つ》からず、先に体を洗う。散々キルクスを受け入れた場所は、まだ何か入っているような違和感《いわかん》があったが、腫《は》れたりはしていない。

冬弥は治癒魔法《ちゆまほう》が体内を巡《めぐ》っているという体質上、怪我《けが》や病気はたちどころに治る。こんなときでもダメージは残らないから、ありがたいといえばありがたい。冬弥の体にある傷跡《きずあと》は、番の証である噛み痕《あと》のみだ。

昨夜、最後のほうでそこを甘噛みされたことを思い出し、頬が熱くなる。背中に感じたキルクスの重みと、甘い言葉までを思い出しそうになって、慌《あわ》てて頭《かぶり》を振《ふ》った。

色ぼけしている場合ではない。キルクスが元に戻った以上、昨日のことについてちゃんと考えなくては……。

特に、ニコロのことだ。

ニコロがスパイのようなことをしていたのを知っているのは、自分だけのはずだが、男たちが捕まっている以上、そちらからもう伝わっている可能性がある。

先ほど、キルクスは練り香のことを確認しに行かせたと言っていたから、自分が寝ている間に船員たちと会っているのは間違《まちが》いないだろう。

それに、あの場に駆《か》けつけてくれたのはキルクスだけではなかった。ラウザと、他《ほか》に何人かいたはずだ。迷惑《めいわく》を掛《か》けたことを謝罪しなければと思う。

そんなことを考えつつ、さっぱりとした体を湯で温める。着替えを終えてリビングに戻ると、パンの焼ける香ばしい匂いと、チーズの匂いがしていた。

「ちょうど焼けたところだ。さっさと座れよ」

「ありがとう。美味《うま》そうだな」

腹が減っていたことをあらためて自覚しつつ、テーブルに着き、手を合わせる。

「なぁ、そういえば昨日、ラウザさんやパセルたちも来てたよな？」

スプーンを手にしつつ尋《たず》ねると、キルクスが頷く。あのときはほとんど攫《さら》われるようにキルクスに連れ出されてしまったので、他に誰《だれ》がいたのかあやふやではあるのだが……。

「みんなにも迷惑掛けたの、ちゃんと謝りたいんだけど」

「――あいつらは別に謝れとは言わねぇだろうが……あとで顔を出すように言ってある。そんときでいいだろ」

軽い口調に、少しだけホッとする。

けれど、次の言葉はさすがに気が重く、冬弥は手の中のカトラリーをぎゅっと握《にぎ》り締めた。

「……あと、ニコロのことなんだけど」

キルクスがわずかに眉《まゆ》を寄せる。

「あのあと、大丈夫だったか？　キルクスは何か、聞いてる……？」

ニコロのことがバレていないならば、このまま隠《かく》し通したい。

そう、思ったのだが……。

「ニコロは拘束《こうそく》した」

そんな冬弥の気持ちを打ち砕《くだ》くように、キルクスははっきりとそう口にした。

「拘束って……」

「ニコロ自らが白状した。バルクークの間諜《かんちょう》だってな」

「それは！　……そう、だったかもしれないけど」

「ニコロは本来なら、あの場で斬《き》り捨ててもいいほどのことをした。仲間を裏切るってのは、船の上では最も許されねぇことだ」

「そんな……――ニコロをどうするつもりなんだよ？」

「どこかで下ろすことになる。ここに置いていくのはさすがに寝覚《ねざ》めが悪いからな」

ここには冬弥を襲《おそ》った男たちの残党がいるかもしれないし、冬弥を受け取るはずだったバルクークの息のかかった者が現れる可能性があるからだろう。

「どこにするかはこれから、ロシュと話し合う」

「でも」

ニコロがしたことは、仕方のないことだったのだ。彼は奴隷《どれい》で、主《あるじ》に逆らう術《すべ》を持たなかった。

「頼《たの》むから、ニコロを許してやって欲しい」

「……それはできない」

苦々しい口調でキルクスが言う。冬弥は堪《こら》えきれずに立ち上がった。

「なんでだよ！　キルクスだって見ただろ？　俺を捕まえてた男を、ニコロが蹴《け》ったとこ！」

あれで自分は安全圏《けん》へと逃《のが》れ、キルクスが魔法を使うことができたのだ。

「ああ。だから、殺さずに捕《と》らえるだけにしてある」

「殺さずにって……ニコロは、俺を守ってくれたのに」

自分がニコロを守るつもりだった。だが、結果的にニコロのほうが、冬弥を助けてくれたのだ。

「それに、ニコロはむしろ、俺たちの事情に巻き込まれたようなもんだろ？」

冬弥を攫うために利用されて、その上で殺されるところだったのだ。

冬弥は必死でニコロの弁明をした。ニコロは言われるままにするしかなかったこと。だが、そうしながらも疑問を抱《いだ》き、自分と親しくなることを拒《こば》んでいたこと。

「キルクス、お願いだから……ニコロを許してくれよ」

「…………」

「お願いします……！」

その場でがばりと頭を下げ、それでは足りないかと床《ゆか》にまで伏《ふ》せた。

ガタンと音を立ててキルクスが立ち上がる。

「おい、何してんだっ」

立ち上がらせようとしてくるキルクスの手を振り払《はら》い、冬弥は床に額を付ける。

「お願いします」

「…………」

しばらくキルクスは沈黙《ちんもく》していたが、やがて諦《あきら》めたようにため息を吐いた。

「……分かった」

その言葉に冬弥はぱっと顔を上げる。途端《とたん》に、キルクスに抱《だ》き上げられ、椅子《いす》に座らされる。

「だが、この休暇《きゅうか》中は謹慎《きんしん》だ。休暇明けは厨房《ちゅうぼう》じゃなくて、別の場所で、船員見習いとして働かせる」

キルクスは苦々しい顔で、そう言いながら、すぐ横のキッチンでタオルを絞《しぼ》ると、冬弥の額や手のひらを丁寧《ていねい》に拭《ぬぐ》ってくれた。

「お前には近付けさせない。これ以上は譲《ゆず》れないからな」

目を覗《のぞ》き込むようにして言われて、冬弥は小さく頷《うなず》く。厨房で一緒《いっしょ》に働けないことは淋《さび》しいが、これ以上の譲歩《じょうほ》はさすがに望めないだろう。

「許してくれて、ありがと」

「仕方ねぇだろ。まったく……お前は本当に強情《ごうじょう》だな」

呆《あき》れたように言いながら、キルクスも自分の椅子へと掛けた。ようやく食事が再開される。

「危ない目に遭《あ》ったのはお前だってのに、ニコロが憎《にく》くないのか？」

そう訊《き》かれて、少しだけ考えたあと、冬弥は頭を振った。

「憎いとか、全然考えてなかった。まぁ、聞いたときは驚《おどろ》いたし、悲しかったけどさ」

それでも、もし本当にバルクークに引き渡《わた》されていたら、そのときまで憎まずにいられたかは分からない。自分はそこまで善人ではない。

「キルクスが絶対に助けに来てくれるって信じてたから、大丈夫《だいじょうぶ》だったんだと思う」

「それは……当然だろう」

キルクスは冬弥の答えにため息を吐《つ》いたけれど、なんとなくうれしそうにも見えた。だがすぐに、厳しい表情になり、じろりと冬弥を睨《にら》む。

「けどな、お前はもっと自分が狙《ねら》われてるという自覚を持て。今後は、船の中以外で俺から離《はな》れるのは禁止するからな」

「離れるの禁止って……昨日はキルクスが留守だったし」

「俺もできるだけお前から離れないようにする。だが、俺の姿が見えないときは部屋から出るな。ここでも、他の宿でも」

「ええー……」

過保護すぎる。だが、自分の状況《じょうきょう》が普通《ふつう》でないのも確かだし、冬弥としてもまた似たようなことでキルクスや、船員たちに迷惑を掛けるのはごめんだった。

「分かった。気をつける」

そう言うと、キルクスはよし、と言うように頷いた。

「だが、正直今回は俺もこの街ならと油断していたのはあるな」

その言葉に、冬弥も頷く。この街は訪《おとず》れるほとんどが海賊《かいぞく》であり、その海賊たちはここを中立地帯としている。

酔《よ》っ払《ぱら》いによるちょっとした喧嘩《けんか》こそあれ、たとえ因縁《いんねん》の相手であろうと、この街では手を出さないのがルールだ。

「ニコロの件に関しても、どの辺りから仕込みだったのか……」

聞き出さないと、と独りごちるキルクスに、冬弥はふと思い出した。

「そういえば、ニコロが自分の主《あるじ》はキルクスの兄の部下だって言ってたな」

「ニコロが？」

「うん。クライヴとかなんとか……ニコロも一度聞いただけだから名前はうろ覚えらしいけど」

「いや、合ってる。……まぁ、そうだろうな」

キルクスは少し驚いたようだったが、特に疑問に思っている様子はない。最初から兄の関与《かんよ》を視野に入れていたような態度だ。

「―――あのさ」

訊くべきか迷って、冬弥は一度そこで言葉を切る。けれど、やはり気になって口を開いた。

「キルクスの家はどういう家なんだ？　もちろん、話したくなかったらそう言ってくれればいいけど」

　以前家族について聞いたときのことを思い出す。キルクスはあまり家族に対していい感情はないようだった。だから、無理に聞こうとは思わない。ただ、話してくれるなら聞きたい、という気持ちもあった。

「いや、どうしても隠さなきゃなんねぇって話でも、ないしな」

　呟《つぶや》くと、苦笑《くしょう》を浮《う》かべる。

「食い終わったか？　なら、向こうでゆっくり話す」

　そう言われて、ソファへと移動した。

　二人がけのソファに並んで座る。向かい合ったままより、このほうが話しやすいと思ったのかもしれない。それくらい、キルクスにとっては言いづらいことなのだろう。

「本当に、無理に話さなくてもいいんだからな？」

　念のためにそう言った冬弥に、キルクスは小さく笑った。

「気を遣《つか》わせたな」

　そう言って、ゆっくりと話し始める。

「簡単に言えば、バルクークの現皇帝《こうてい》、それが俺の父親だ」

「へー……えっ」

皇帝が父親？

「え？　待てよ、それって、つまり」

「一応は皇子ということになるな」

混乱する冬弥に、キルクスはあっさりと言った。

「といっても、継承《けいしょう》権はない。俺はとっくに廃嫡《はいちゃく》されているからな」

キルクスの母は、Ωであったが早くに亡《な》くなった。同じくΩでありながら隣国《りんごく》の貴族の娘《むすめ》であった第二王妃《おうひ》にキルクスは疎《うと》まれ、謀殺《ぼうさつ》されそうになったところを出奔《しゅっぽん》し、海賊になったのだと言う。

「驚いたか？」

訊かれて、冬弥は呆然《ぼうぜん》としながらも頷く。

まさか、そんな身分だなんて考えてもみなかった。その上、謀殺されそうになった、なんて……。

最初リキッドの船に乗りたいと言ったとき、キルクスは十四歳だったと聞いている。そんな歳《とし》の頃に……と思うと、ますます胸に迫《せま》るものがあった。

皇帝であるという父親は、守ってくれなかったのだろうか？　――きっと、守ってくれなかったのだろう。家族は、キルクスが船長として名を上げるまで、海賊になったことすら気づいていなかったはずだと言っていた。

キルクスを愛してくれたのは母親だけで、その母親が亡くなって……。考えただけで胸が痛い。

キルクスはそんな冬弥の心情が伝わったのか、少し困ったように苦笑する。

「けどな、悪いことばっかりじゃねぇよ」

「……そう、なのか？」

俄《にわか》には信じ難《がた》く、冬弥はキルクスをじっと見つめた。キルクスはゆっくりと、頷く。

「冬弥があのとき俺の下《もと》に落ちてきたのは、俺に流れる血のせいかもしれねぇからな」

「え？」

思わぬ言葉に、冬弥はパチリと瞬《しばたた》いた。

あのとき、というのは召喚《しょうかん》されたときのことだろう。本来自分はバルクークの第一皇子——

——キルクスの兄の前に現れるはずだったという。

だが、あの大海原《おおうなばら》の、キルクスの船の目と鼻の先に冬弥は現れた。召喚の儀《ぎ》の失敗による事故だったが、召喚にはもともと召喚者の血を使うのだという。近い血を持つキルクスの下に喚《よ》ばれたのではないかと、キルクスは考えていたらしい。

「実際のところは分かんねぇけど、可能性は高いと俺は踏《ふ》んでる」

確かに、キルクスの兄の下に現れる予定だった自分が、キルクスの下にというのは、ただの偶然《ぐうぜん》にしてはできすぎている。

今までは、第一皇子がキルクスの血縁《けつえん》だなど思ってもみなかったから、深く考えたことはなかったけれど……。

「もしもそうだとしたら、あんな家に生まれたのも悪くはなかったって思う」

そう言って、キルクスは笑った。

「っ……」

たまらない気持ちになって、冬弥はぎゅっとキルクスに抱《だ》きつく。気持ち的には抱き締《し》めたいところだったが、体格が違《ちが》いすぎるのでしがみついたようになってしまうのは仕方ない。だが、他《ほか》にどう表していいか分からなかった。

たったの十四歳で家族から命を狙われなければならないような過酷《かこく》な環境《かんきょう》に生まれたことを、自分に出会えたことで『悪くなかった』と言ってくれたことに、胸がいっぱいになって……。

「だが……状況が状況なら、お前は皇族になってたかもな。……そのほうがよかったか？」

「どういう意味だよ？　お前の兄のとこに落ちてればって話？」

そんなのいいわけがないと、むっとして冬弥は抱きついていた腕《うで》を緩《ゆる》め、キルクスを睨《にら》む。しかし、キルクスはそうじゃない、と頭《かぶり》を振《ふ》った。

「俺が、あのまま城に残ってればって話だ。お前——海賊稼業《かぎょう》が、好きじゃないんだろ？」

その言葉に、どきりとして冬弥は目を瞠《みは》る。責めるような声ではなかった。むしろ憐《あわ》れむような、やさしいとさえ思える声。

「なんで……」

　キルクスの顔を見つめると、大きな手で頬《ほお》を撫《な》でられた。

「そんな顔すんなよ。怒《おこ》ってるわけじゃねぇんだ」

　肩《かた》を抱かれてゆらゆらと、あやすように揺《ゆ》らされる。

「ときどき考える。俺が海賊じゃなかったら……お前はそのほうがよかったんだろうなって。お前が時折淋《さび》しそうな、寄る辺のない顔をしてんのも分かってた」

　だから、ニコロを厨房《ちゅうぼう》で働かせたいと言われたときも反対しなかったのだという。

「それでお前が少しでも、楽しく過ごせるんならいいと思った。子どもの遊び相手にも、なるかと思ったしな」

　以前、サリドが言っていたことを思い出す。赤ん坊《ぼう》の面倒《めんどう》を見させるつもりなんじゃないかと。

　キルクスは、いつだって冬弥のしたいようにと思って甘やかしてくれているのは感じていた。けれど、自分が海賊行為《こうい》に対して馴染《なじ》めずにいることに気づかれていたなんて……。

「ごめん……。でも、みんなのことは好きなんだ。キルクスのことも。だから、俺もちゃんと理解しなきゃとは思ってる」

「そんなに気負わなくていい」

「でも……か、家族なら……」

冬弥がきゅっと唇《くちびる》を噛《か》むと、キルクスは宥《なだ》めるようにそっと指先で、冬弥の唇を撫でる。

「俺は皇族だったって言っただろ？　俺自身、リキッドの船に乗った頃《ころ》は、そう簡単には馴染めなかった」

海賊《かいぞく》が、憧《あこが》れていただけのきれいな仕事なんかじゃないことも思い知った。

それでも、リキッドの信念や、仲間たちの思いを知り、いつの間にかキルクス自身も自ら望んで今のような海賊になったのだと笑う。

「だから、冬弥も焦《あせ》らなくていい。それに、たとえ理解できないままだったとしても家族だからって、価値観は一つじゃなくていい」

「……そうなのか？」

そうなのだろうか？　一緒《いっしょ》じゃなくても、いいのだろうか？

「当然だろう。違っても、お互《たが》いを尊重していけるならそれでいい」

お互いを、尊重していけるなら……。

キルクスの言葉に冬弥は目を瞠る。

「お前は俺に『海賊をやめろ』と言ったことは一度もないだろう。もちろん、他のやつらにも」

「それは……そうだけど」

言おうと考えたこともなかった。キルクスがどんな気持ちでリキッドの船に乗ったのか、船員たちがどれほどキルクスを慕《した》い、ウェナティクス号を愛しているのか、冬弥にだって分かっている。

そして、この世界の価値観や倫理観《りんり》が、自分の持つものと乖離《かいり》していることも理解しているつもりだ。

それは淋しいことだけれど、それでも自分はキルクスが好きだったし、ウェナティクス号のみんなのことも好きだった。自分の価値観を押しつけていいなんて、とても思えない。

「お前は突然《とつぜん》この世界に喚《よ》ばれて、Ωになって、俺の番《つがい》にされて……自分自身は嵐《あらし》のような変化の中にいるのに、俺たちを思いやっている。そんなお前のことを、俺は誰《だれ》よりも大切にしてやりたい」

ツンと、鼻の奥が痛んで、気づくと冬弥の頬には、一筋の水滴《すいてき》がこぼれ落ちていた。

「……ありがとう」

そう言って冬弥は微笑《ほほえ》んだ。

いつだって、キルクスは自分のために譲歩《じょうほ》してくれていると、そう感じていた。けれど、キルクスはずっと、自分のことをそんなふうに気に掛《か》けてくれていたのかと思ったら、もうどうしようもないくらい胸がいっぱいになってしまう。

「俺、キルクスが皇子や皇帝《こうてい》だったとしても、キルクスを好きになったかもしれない。けど、今のキルクスの番になったこと、後悔《こうかい》してないし、船員のみんなが、俺のことを大切に思ってくれていることも分かってる」

そんな彼らを自分もまた、大切にしたいと思っている。

「俺の価値観じゃまだ抵抗《ていこう》あるのも本当だけど……幸せだと思ってるのも本当なんだ。……信じて、くれる？」

「当たり前だ」

キルクスはうれしそうに笑うと、冬弥の唇に触《ふ》れるだけのキスをする。

「とにかく、無理だけはするなよ。これからずっと一緒にいるんだ。もうすぐ家族も増えるし、船のやつらとだって、そのうち自然と家族になっていくだろう」

冬弥の涙《なみだ》を拭《ぬぐ》いながら、キルクスが笑う。

しかし……。

「もうすぐ？　ニコロのこと？」

冬弥が首を傾《かし》げると、キルクスは少しだけ呆《あき》れたような顔になった。

「俺とお前の子のことに決まってんだろ」

そう言うと、冬弥の腹のあたりを撫でる。

「昨夜は随分《ずいぶん》無茶《むちゃ》したからな。驚《おどろ》いてねぇといいが」

その態度に、冬弥はなんとも申し訳ない気持ちになった。どうしても子どもが欲しい、とは言われなかったけれど、やはり望んではいるのだと思うと……。

「――けど俺、妊娠《にんしん》なんてできないかも。発情期もこないし」

冬弥は思い切って、そう口にした。

だが……。

「は？　何言ってんだ？」

「え？」

驚いたというような声に、冬弥は顔を上げる。

「妊娠してるから、発情期が来ないんだろ」

「…………は？」

パチリと瞬《しばたた》く。

妊娠してるから、発情期が来ない？

「何、それ」

呆然《ぼうぜん》と呟《つぶや》くと、キルクスが首を傾げる。

「言ってなかったか？　Ωは妊娠すると発情期が来なくなるんだ。だから――」

「聞いてないんだけど!?」

思わずキルクスの襟首《えりくび》を摑《つか》んでしまったが、責められるものではないと思う。

冬弥はずっと、そのことを悩《なや》んでいたのだから。

――にもかかわらず『言ってなかったか？』だと？

妊娠すると発情期が来なくなる……。

「ってことはなんだ？　俺以外はみんな、俺が妊娠してるって分かってたってこと？」

がくがくとキルクスを揺さぶる。

「まぁ、そう、だな」

キルクスは冬弥が何に怒っているのか、まるで分かっていないらしい。

「そんなに子どもが欲しくないのか？」

「違《ちが》う！」

産みたいかと言われれば、正直躊躇《ためら》う気持ちも、恐《おそ》れも大いにあるが、欲しいか欲しくないかというならば……。

「欲しいに決まってんだろ！」

そう口にしてから、冬弥はハッと気づき、キルクスの襟元から手を離《はな》した。だが、その手を今度はキルクスが掴んだ。

「ああ、俺も欲しい。俺とお前の子なら何人いてもいい」

うれしそうに言われて、頬《ほお》が熱くなる。

だが、自分が思うのも本当は同じなのだ。

キルクスとの間にできるなら、きっと躊躇いも、恐怖《きょうふ》も乗り越《こ》えられるだろう。

それにしても……。

自分がずっと悩んでいたことは、まったく見当外れなものだったらしい。一瞬《いっしゅん》カッと頭に上った血が下りてくると、今度は脱力《だつりょく》した。

この世界的にはきっとそんなのは常識で、おそらく本当に、キルクスは冬弥が知らないとは思っていなかったのだろう。

あんなに悩んでいたのに……。

人の気も知らずに、にこにことうれしそうなキルクスは憎《にく》たらしいが、同時に愛《いと》おしくもある。

「けどな、冬弥」

この世界でただ一人だけ、自分の名前を正しく呼ぶ声。

唇がもう一度重なり、指が項《うなじ》をなぞる。番の証《あかし》。自分の付けた歯形を一つ一つなぞるように触れていく。

「もしも子どもが一人も生まれなかったとしても、俺にはお前がいる。それだけでもう、充分《じゅうぶん》満たされてるんだ」

「………本当に？」

ぽつりと、呟くように訊《き》いた冬弥に、キルクスははっきりと頷《うなず》く。

じわりと胸の奥が熱くなって、まるでその熱に溶《と》かされたように涙がこぼれた。

「あ、あれ？」

慌《あわ》てて冬弥は涙を拭おうとしたけれど、すぐにキルクスに抱《だ》き寄せられて、涙はその肩口《かたぐち》を濡《ぬ》らす。

「ご、こめん俺なんか、泣いてばっか……」

「お前が発情期のことで悩んでたなんて、考えてもみなかった。気づかなくて悪かったな」

「謝んなくて、いい」

一番欲しい言葉をくれたから。

子どもが生まれなくても、自分がいるだけで満たされている。

そう言ってくれたことが、何よりもうれしい。

「悲しくて泣いたわけじゃないから」

そう言って、冬弥はそっとキルクスの胸を押し返し、少しだけ伸《の》び上がるようにしながら、その唇《くちびる》にキスをした。

海賊のツガイ2～番外編～

その日、昼食を終えた冬弥がウェナティクス号の甲板《かんぱん》に出ると、そこには何人もの男たちが集まっていた。

今日は天気がよく風向きも良好で、手の空いた者たちが集まって、食事を摂《と》る冬弥の代わりに、オルカと遊んでくれていたはずなのだが……。

「オルカ！　こっちこっちこっち！」

「いや、こっちだ！」

手を叩《たた》く音、囃《はや》す声。呼んでいるのは副船長であるラウザと、船員のパセルだ。そして、中心にいるのは、黒髪《くろかみ》に藍色《あいいろ》の瞳《ひとみ》をした幼児である。

自分が呼ばれているのが分かっているのかいないのか、オルカと呼ばれた幼児は手と足を動かしたり止まったりしながら、甲板の上をゆっくりと進んでいく。

オルカはキルクスと冬弥の息子《むすこ》であり、つい先日一歳の誕生日を迎《むか》えたばかりだ。つかまり立ちをしたり、そのまま数歩なら歩いたりするときもあるが、主な移動はまだハイハイである。

「なんだ……？」

「オルカが副船長とパセルさんのどちらの下《もと》に向かうのか、賭《か》けてるんです」

思わず首を傾げた冬弥に、そう教えてくれたのは、近くにいたニコロだった。

ニコロとはいろいろあったけれど、厨房《ちゅうぼう》の係から外されてからも頑張って下働きを続けてくれている。

船を下りると言い張ったのを説得したのは冬弥だった。ニコロはあのとき鉄格子《てつごうし》の中で『どうして、俺を庇《かば》ったりしたんだ？』と訊いたときと同じ顔をしていたけれど、結局は頷いてくれた。

その後、しばらくは避《さ》けられていたけれど、最近はこうして話しかけてくれることも増えている。敬語に戻《もど》ってしまったのは少し残念だが、本人には直すつもりがなさそうだし、無理強《むりじ》いするのも違うだろうとぐっと堪《こら》えている。

そんなニコロが今、少し困ったような顔をしているのは、賭けのことを冬弥が咎《とが》めるか、もしくは悲しむかもしれないと案じてくれているのだろう。

けれど、ウェナティクス号の甲板は、オルカが這《は》い回っても大丈夫《だいじょうぶ》なように、いつにも増して念入りに磨《みが》かれているようだ。

その上、オルカはもちろん、囲んでいるみんなも楽しそうで、咎めようなんて思えない。

「俺も、もう少し早く戻ったら参加できたのにな」

そう言って笑うと、ニコロはほっとしたようだ。

「ニコロはどっちに賭けたの？」

「俺は、パセルさんに」

その言葉に頷いてオルカを見ると、もうゴールはすぐそこ、といったところだった。

「はい、到着《とうちゃく》！」

途端《とたん》に歓声《かんせい》や悲鳴が上がる。

「よしよし、いい子だなぁ」

きゃあきゃあと楽しげに声を上げるオルカを抱《だ》き上げて、にこにこと笑っているのは、パセルのほうだ。パセルは冬弥と仲がいいこともあり、オルカの面倒《めんどう》をみる係に任命されているため、非常に懐《なつ》かれている。

反対にラウザは珍《めずら》しく渋面《じゅうめん》を作っていた。意外にもラウザは赤ん坊《ぼう》の扱《あつか》いに慣れており、冬弥がオルカを連れて船に戻ってからは、少しの空き時間に顔を見に来たり、おしめや食事などの世話をしたりもしてくれる。

聞いたところによると兄弟が多く、子どもの頃《ころ》は弟妹《ていまい》の世話をよくさせられていたらしい。

ラウザだけでなく、ほかにも船にはそういう者たちが何人かいて、本当に助かっていた。

冬弥自身は一人っ子で小さい子どもとは縁《えん》もなく、子育てについては素人《しろうと》もいいところだし、キルクスは兄がいるらしいが、弟妹がいたという話は聞いたことがない。そもそも、元皇族だ。もしいたとしても、赤ん坊時代の弟妹の面倒など見たりしないだろう。それでも、冬弥が船に戻ったときのためにと随分《ずいぶん》と熱心に学んでくれていたし、生来器用なのだろう、船長として忙《いそが》しく働きながらもよく世話をしてくれている。

――――冬弥がウェナティクス号に戻ってきてから、もう七ヶ月が経《た》つ。

子どもが生まれる少し前から、首が据《す》わって船に乗せられる五ヶ月くらいまで、安全のために、冬弥は子どもと一緒《いっしょ》に、リキッドの下で暮らしていた。

漁港があるのと、バルクークとは緊張《きんちょう》関係にある国だという点からも、そこが一番安全だというキルクスの判断で、冬弥としては許可してくれたリキッドと、リキッドの伴侶《はんりょ》であるカイナには頭が上がらない。

リキッドはαだが、カイナというβの女性と結婚《けっこん》しており、二人の間には子どもがいない。だが、二人はオルカのことをまるで本物の孫のように可愛《かわい》がってくれた。

出産に関しても、どれだけ二人の世話になったか知れない。いや、二人だけではない。あの漁村に住む人たちの多くに助けられた。

キルクスは船長であり、そうである以上船員たちの生活に責任がある。だから、ずっと冬弥について陸に上がっていることはできなかった。

それでも、冬弥が不安にならずにいられたのは、彼らのおかげだ。

自分が子どもを産む、というこの世界に来るまでは考えたこともなかった事態を懼《おそ》れ、戸惑《とまど》っていた冬弥を、キルクスと共に支えてくれたのだ。

リキッドは、バルクークとの確執《かくしつ》から迷惑《めいわく》を掛《か》けるかもしれないと言ったキルクスの言葉を笑い飛ばし、お前たちの子なら俺にとっても家族だ。必ず守る、と言ってくれた。

　リキッドたちとの生活の中で、冬弥は亡《な》くなった父母のことを何度も思い出したものだ。そのせいでひどく淋《さび》しくなることもあったけれど、そんなときはカイナがよく話を聞いてくれた。出産に際しても、その後の子育てに関しても、もともとはリキッドの船の船医だったという村の医者や、村の女性陣《じん》に散々世話になった。

　今後どれだけの時間が経っても、あの人たちに対しては頭が上がらないと思う。

　そうして今、ウェナティクス号はリキッドたちの住む漁村へと向かっている。

　オルカが一歳の誕生日を迎えたため、一度顔を見せに来いというリキッドの言葉に従って、会いに行くことになったのだ。

「あーあー」

　手をばたつかせてこちらを見ているオルカに気づいて、冬弥はパセルからオルカを受け取る。

「遊んでもらってよかったな」

　にこにこと機嫌《きげん》よく笑うオルカに、釣《つ》られたように微笑《ほほえ》む。

　子どもの成長は早い。七ヶ月前と比べれば目を瞠《みは》るようだろう。

　リキッドたちに会わせるのが楽しみだった。きっと、オルカの成長を心から喜んでくれるはずだ。

　冬弥自身は赤ん坊の生態に詳《くわ》しくないためピンとこないのだが、特にオルカは成長が早いら

しい。おそらくαなのではないかとキルクスは言っていた。

α は他《ほか》の性に比べると、多少成長が早いのだという。その上、体が丈夫《じょうぶ》で病気などにもかかりにくいらしい。

冬弥は治癒魔法《ちゆまほう》が使えるので、子どもの健康に関してはあまり心配ないのだが、なんにでも万が一はあるし、健康に育つと言われればその点には安心した。

――とはいえ、安心ばかりでは、ないのだけれど……。

「おら、お前らいつまで休憩《きゅうけい》してる気だ！　そろそろ陸が見えるぞ。持ち場に戻れ！」

キルクスの声に、船員たちが三々五々散っていく。キルクスは冬弥の下に来ると、腕《うで》の中にいるオルカを覗《のぞ》き込んだ。

「ご機嫌だな」

言いながら頬《ほお》をつつく。オルカはきゃっきゃっと声を上げて笑う。

「昼寝《ひるね》してないから、ぐずるかと思ったけど、みんなが相手してくれて助かった」

今夜はリキッドのところに泊《と》めてもらうことになっている。早い時間に寝かしつけられるように、敢《あ》えてオルカが自主的に眠《ねむ》らないなら寝かせないことにした。

「リキッドのところに着いたらこてんと寝ちまうかもしんねぇけどな」

「それはそれでしょうがない。まぁ大丈夫だとは思うけど」

オルカは人がいっぱいいるのが好きだから、おそらくリキッドたちに会えば興奮で昼寝どころではないだろう。

「リキッドさんたち、元気かな」

「リキッドの元気じゃない姿なんて、想像もつかねぇな」

「確かに」

くすりと笑う。豪放磊落《ごうほうらいらく》を絵に描《か》いたような人だ。αだというのもあるだろう。体も大きく、初老とはとても思えないほど活力に満ちている。酒が好きで、大きく口を開けて笑う。

ちなみに、彼の伴侶であるカイナは逆に、意外なほどおしとやかな女性だ。いつもにこにこと微笑んでいるが、声を立てて笑うことは少ない。だが、リキッドは彼女にだけは頭が上がらないのだ。そんな二人が冬弥は大好きだった。

「早く会いたいな。オルカは、二人のこと覚えてるかな？」

腕の中のオルカを見つめる。五ヶ月までずっと一緒に過ごしていたとはいえ、さすがに難しいだろうか。

オルカは七ヶ月で驚《おどろ》くほど成長し、船の上だけでもたくさんの出会いがあった。それに冬弥自身、一歳になるまでの記憶《きおく》などほとんどない。

覚えていなかったら、二人はガッカリするだろうか？

世話になった礼を言って、こんなに大きくなりましたと報告するために行くのに、ガッカリさせてしまっては申し訳ない。

いや、もちろん、それでもリキッドたちは絶対に自分たちの訪問を喜んでくれるだろうけれど……。

そんなことを考えてふと、以前もリキッドに礼を言いに彼の下《もと》を訪ねたことがあったなと思い出した。

オルカが生まれるよりも前のことだ。

あの頃とは随分変わったなと思う。状況《じょうきょう》も、自分の気持ちも。

冬弥はまだ自分が妊娠《にんしん》していることも知らなかった。発情期が来ていなかった時点で、冬弥以外は皆《みな》、冬弥の妊娠に気づいていたというのに、冬弥だけはそれを知らなかったのである。

それどころか、発情期が来ないなんてやっぱり自分はΩではないのではとか、子どもを産むことなど本当はできないのでは、などと悩《なや》んでさえいたのだ。

今考えれば笑い話だが、当時は本当に不安だった。自分が、周りの期待に応《こた》えられないのではないかと思うと……。

キルクスの愛情は信じていた。それだけは自信を持って言える。だが冬弥が疑っていたのは自分のことだったから、いくらキルクスから愛されていると分かっていても……キルクスの隣《となり》が自分の居場所だと分かっていても、不安だった。

ウェナティクス号の船員たちの家族に、自分も迎《むか》えられたい。だが、海賊《かいぞく》業を倫理《りんり》的《てき》にうまく受け入れられないことも、だからといってΩという立場上思い切って飛び込むこともできず……。そんな気持ちが焦燥《しょうそう》を産み、与《あた》えられた仕事に執着《しゅうちゃく》していた。

だが、今は違《ちが》う。

リキッドたちの下で暮らすうちに、冬弥の意識は少しずつ変わっていった。

言ってみれば開き直り、だろうか。

オルカが生まれて、冬弥は本当に自分だけではどうにもできないという場面に何度も遭遇《そうぐう》した。

Ωの男は出産後、体調が戻《もど》るまでに女性よりもずっと時間がかかる。それまで体内を巡《めぐ》る治癒魔法のおかげで、怪我《けが》や病気などの体調不良とは無縁《むえん》に生きてきた冬弥にとっては、味わったことのない辛《つら》さだった。それでも、通常のΩ男性よりはずっと、回復は早かったらしい。だが、その間どうしてもオルカの世話は一人ではままならない。

キルクスは冬弥の体調が戻るまでは、と海賊稼業《かぎょう》を休んでそばにいてくれたし、リキッドやカイナも何くれとなく助けてくれた。そして、なんとその間船員たちは漁の手伝いをしていたという。もともと、海賊には元漁師のものも多く、そうでなくとも海の知識はあるから、問題なく働けたようだ。漁船ウェナティクス号などと言って笑っていた。

とにかくそのときに、かけられるだけの迷惑はほとんどかけてしまったと言える。

初めは申し訳ない気持ちでいっぱいになって、自分を責めていた。だが、意地を張って自分でできると言って、オルカを危険な目に遭《あ》わせるようなことだけは絶対にしたくない。

それで結局、冬弥は彼らの厚意《こうい》に甘えてしまったのだ。

それまでは、キルクスはともかく、それ以外の人にまで甘えるなんてダメだと思っていたのに。

けれど――――……。

どうしようもなくて、甘えてしまった冬弥を責めるものは一人もいなかった。それどころか辛いだろうと常に冬弥を労《いたわ》ってくれ、オルカのことをみんなで可愛がってくれて……。

家族なんだから甘えていいのだと言われて、うれしかった。

現在、厨房《ちゅうぼう》と船医には冬弥ではなく、別の人間が雇《やと》われている。前の自分なら、この状況で自分が船に戻ることは、ただ面倒《めんどう》が増えるだけだと心苦しく思っただろう。

でも今は、申し訳ないというよりも、ありがたい。もちろん、できることで少しずつでも、返していきたいとは思うけれど……。

オルカがある程度大きくなるまでは、甘えさせてもらおうと思う。オルカのためにいっぱい、時間を使ってあげたかった。

やがて、見張り台から陸が見えたと声が届き、船は港へと入っていく。

港にはリキッドとカイナが迎えに来てくれていた。

「おお、でかくなったな！」

リキッドは冬弥が抱《だ》いているオルカを見て、うれしそうな声を上げる。

オルカはその大きな声に驚いたようにまじまじとリキッドを見つめていたが、泣き出しはしない。海賊たちの多くは声が大きく、オルカはもうそんな環境《かんきょう》に慣れていた。

「みんながよくしてくれるおかげです。オルカ、リキッドさんだよ。覚えてる？」

微笑《ほほえ》んで、オルカを軽く揺《ゆ》らす。

オルカはまだ興味津々《きょうみしんしん》といった体《てい》でリキッドを見つめ続けていて、リキッドはそんなオルカにでれでれと相好を崩《くず》していた。

本当に孫と祖父のようだと思ったら、失礼だろうか？

「ほら、いつまでもそんなところに立っていないで、家に帰りましょう」

そう声を掛《か》けてくれたのはカイナだった。

宴会《えんかい》は最初、村の集会所で行われた。漁の忙《いそが》しい時期には作業場にもなる広い場所だ。だが、いくらか酒が進んでくると船員たちの一部は船に戻り、ほかはそれぞれここにいた期間に親しくなった村人の家へと分かれていった。

もちろん、キルクスと冬弥、そしてオルカはリキッドの家だ。ほかにも、ラウザやリキッドの時代から船に乗っていた男たちの何人かがリキッドの家へと移動した。

そこでの主役は完全にオルカで、オルカはみんなが自分に構ってくれるのを素直《すなお》に喜んでいる。つかまり立ちをしたり、数歩歩いたり、まだ口まねだけではあるが、冬弥をとー、と呼んだり。そういったことをいちいち褒《ほ》められて、冬弥までなんだかくすぐったい気持ちになる。

けれど……。

「これだけ賢《かしこ》いんだ、成長も早いし、こいつはαだろうな」

「そうかもしんねぇな」

リキッドがにこにこと笑いながら言うと、キルクスが苦笑《くしょう》しつつ頷《うなず》く。

そのことに、少しだけ胸の奥に靄《もや》がかかるのを感じた。αというのは、この世界においては強者だ。体も丈夫《じょうぶ》で、頭も良く、カリスマ性があって、魔力《まりょく》も強い。βやΩよりもできることが多く優秀《ゆうしゅう》だ。

子育てに関しても、αの子は随分《ずいぶん》楽なのだという。実際、周りの助けがあるというのも大きいが、それと同じくらいオルカの優秀さにきっと自分は助けられているのだ。

夜泣きもほとんどないし、人見知りもしない。あまり病気をしないのもαの頑健《がんけん》さゆえだろう。

――だが、αが子どもを持つにはΩの存在が不可欠になる。

この子は、番《つがい》を得ることができるのだろうか……。

今から案ずるようなことではないだろう。分かっていても将来にまで、ついつい思いを馳《は》せてしまう。親というのはこういうものなのかもしれない。なってみて初めて知った。

けれど……。

「まぁ、俺としちゃなんだっていいんだ。αでもβでも、Ωでもな。俺と冬弥の子どもだってだけで」

キルクスの言葉に、リキッドが軽く目を瞠《みは》り、それから目尻《めじり》をくしゃくしゃにして、笑った。

「違いねぇ。ったく、お前もいっぱしに人の親になっちまって」

ばんばんと肩《かた》を叩《たた》かれて、キルクスが「痛《いて》ぇっての」と文句を言いつつ酒を呷《あお》る。

「オルカくん、うとうとしてるねぇ」

リキッドの膝《ひざ》の上で船をこぎ始めたオルカを、カイナが抱き上げてゆらゆらと揺らした。

「本当に、可愛《かわい》い」

呟《つぶや》いて、ふふ、と笑う。リキッドはそんな二人を愛《いと》おしそうに見つめて笑っていた。

――自分たちの子だというだけでいいと言うキルクスや、仲睦《なかむつ》まじいリキッドとカイナを見ていると、胸に湧《わ》いた靄はどこかへと飛ばされていく。

自分だって、なんでもいい。元気に育って、幸せになってくれたらいい。

そして、αとβでもこんなにも愛し合えるのだ。二人を見ていると、番がいなくとも、αは幸せになれるのだと信じられる気がする。

もちろん、ここに至るまでに、リキッドとカイナの間にどんなことがあったのか、冬弥は知らない。自分の思いも寄らないような苦労も、あったのかもしれない。

それでも、こんなふうにいつか寄り添《そ》い合える人ができるなら……。

冬弥にとって理想の夫婦《ふうふ》といったらやはり一番は両親だったが、次は間違《まちが》いなくリキッドとカイナだった。

「……リキッドさんたちを見てると、両親のことを思い出します」

そう呟くように言った冬弥に、カイナが視線を向ける。焦《こ》げ茶色《ちゃいろ》の瞳《ひとみ》がほんの少し気遣《きづか》うように揺れたのは、冬弥がすでに両親を亡《な》くしていると知っているからだろう。

「両親も、お二人と同じくらい、仲がよかったので」

「あら、そうなの」

微笑んで言った冬弥に、カイナがほっとしたように笑う。

自分とキルクスも、番というだけでなくこんなふうに寄り添っていきたいと思うし、オルカにもそうなって欲しい。

「この子も、いつかカイナさんみたいな、素敵《すてき》な人に出会えるといいなって、思ってしまいました」

少し冗談《じょうだん》めかしてそう言うと、カイナは驚《おどろ》いたように軽く目を瞠り、ちらりとリキッドを見つめる。その目尻がやわらかく撓《たわ》む。

「光栄だわ」

「まぁ、カイナほどの相手となると、なかなか難しいとは思うがな」

雑《ま》ぜっ返すようにリキッドが言い、二人は目を見合わせて微笑んだ。

そんな話をしているうちに、オルカはすやすやと寝《ね》息《いき》を立て始めていた。

「あ、俺、先に失礼しますね。部屋は前にお借りしてたところでいいんでしょうか？」

ここに世話になっていたときに借りた部屋の場所は、もちろん覚えている。冬弥はカイナからオルカを預かろうと手を伸《の》ばした。

だが……。

「今夜はこのまま、俺たちで預かる」

「え？」

リキッドの言葉に、冬弥はパチリと瞬《しばたた》いた。預かる、というのはこの場合当然オルカのことだろう。

「で、でも……」

さすがに申し訳ない。普《ふ》段《だん》夜泣きはしないけれど、今夜もそうだとは限らないし……。

「いいのか？」

戸《と》惑《まど》っているとキルクスがそう訊《き》いた。リキッドは大きく頷く。本当に預かってくれるつもりのようだ。

「不安か？」

キルクスに小声で訊かれて、咄嗟《とっさ》に頭《かぶり》を振《ふ》った。嘘《うそ》ではない。他《ほか》の誰《だれ》でもなく、リキッドとカイナになら、オルカを一晩預けることも不安ではなかった。けれど……。

本気なのか？　と思いつつキルクスを見ると、キルクスは今度はカイナに向けて頭を下げる。

「それなら、よろしく頼《たの》みます」

「ええ、任せて」

そう言って笑ったカイナの腕《うで》の中で、オルカは平和そうにすやすやと眠《ねむ》ったままだった。

本当によかったのだろうか……。

あのあと、そのまま宴会はお開きになり、冬弥はキルクスと一緒《いっしょ》にカイナが支度《したく》してくれていた部屋へと向かっていた。

そこは出産前後に世話になった部屋ではなく、それよりも前にキルクスと一緒に泊《と》まったことのある納屋《なや》の二階だ。

「やっぱり心配か？」

気もそぞろ、といった状態の冬弥に、キルクスが苦笑する。

「そうじゃなくて、甘えちゃって本当によかったのかなってさ」

「なんだ、そっちか」

冬弥の言葉にキルクスはそう言って、するりと冬弥の腰《こし》を抱いた。

「たまには二人の時間があってもいいだろう？」

耳元でそう言われて、冬弥は小さく肩を揺《ゆ》らし――それからカッと頬《ほお》が熱くなるのを感じる。

ようやく、リキッドたちが気を遣《つか》ってくれたのだと気づいた。

確かに、オルカが生まれてからは、二人でゆっくり抱《だ》き合うような時間はなかなか取れていない。

だからといって、オルカの世話を頼んでまでというのは……。

「お、俺やっぱりオルカを――」

「こら、逃《に》げるな」

腰をぎゅっと抱き寄せられて、そのままキスされた。唇《くちびる》を合わせ、口腔《こうこう》に舌が入り込んでくる。

「ん……っ」

ねっとりと絡《から》みつく舌に、腰の奥が震《ふる》える。腰を抱いた手で、探《さぐ》るように脇腹《わきばら》を撫《な》で上げられて力が抜《ぬ》けた。

それがわかったのか、ゆっくりと唇が離《はな》れる。

「これ持ってろ」

「え」

言われてランプを押しつけられたと思ったら、次の瞬間《しゅんかん》には横抱きに抱き上げられていた。

「キルクス……！　じ、自分で歩くから……っ」

「暴れるな。階段落ちるぞ」

冬弥の言葉に構わずキルクスは上機嫌《じょうきげん》で二階への階段を上がり、冬弥にドアを開けさせる。

部屋の中は前に来たときと同じように整えられていて、まるでときが戻《もど》ったような錯覚《さっかく》すら覚えた。

あのときは窓を開けて、夜の海を見た。

けれど、今日は窓を開けることはなく、そのままベッドへと下ろされる。ランプは取り上げられて、窓際《まどぎわ》のテーブルに置かれた。

「前に来たときのことを、思い出すな」

キルクスはそう言って、冬弥へと覆《おお》い被《かぶ》さってくる。同じことを考えていたのがなんだかおかしくて小さく笑った。

あのときはまだ、自分の腹にオルカがいることも知らなかったのだ。

気持ちも、状況《じょうきょう》も、随分《ずいぶん》と遠くに来たような気がするのに、同じ場所で体を重ねようとしていることがなんだか不思議で、同じくらい愛おしい。

それでもオルカを預けていることは気になっていたけれど……。

もう一度そっとキスされると、自然と瞼《まぶた》が落ちていた。

「ん……んんっ」

何度も啄《ついば》むように触《ふ》れながら、ゆっくりと服を脱《ぬ》がされていく。

「キルクスも、脱いで」

「お前が脱がせてくれるか？」

悪戯《いたずら》めいた言葉に苦笑《くしょう》しつつ頷《うなず》くと、キルクスは少し驚いたようだった。それを愉快《ゆかい》に感じつつ、冬弥は体を起こしキルクスのシャツに手を伸ばす。お互《たが》いの服を脱がせ合いながら、何度もキスをした。

官能を呼び起こすようなキスではないはずなのに、少しずつ自分の息が上がっていくのが分かる。時折触れあう肌《はだ》を、いやになるほど意識している。

前は船を下りる機会があれば、時間をかけて抱き合うのが普通だったけれど、最近はそうもいかなかった。オルカが目を覚まして泣き出したり、自分を呼べば、行為《こうい》は当然のように中断になるからだ。こんなふうに服を脱ぐのに時間をかけるなんて、いつ振《ぶ》りだろうとすら思う。

オルカのことを思えば、それが嫌《いや》だと思ったことはないけれど……。

「あ……っ」

露《あら》わになった胸にキルクスの指が触れる。

「あ、あぁっ」

すでに尖《とが》り始めていた乳首《ちくび》を撫でられて、小さく声がこぼれた。

指でくるくると円を描《えが》くようにころがされ、押しつぶされて、そのたびにじわじわと快感が腰の奥へと溜《た》まっていく。

「ひぁっ」

ぴんと乳首を指で弾《はじ》かれて、わずかな痛みと、それを打ち消すのに充分《じゅうぶん》なほどの快感を覚える。

「あ、んっんっ」

「気持ちがいいか？」

「ん……きも、ち……いぃ」

訊かれるままにそう答えると、キルクスがゆっくりと冬弥の胸元《むなもと》に顔を寄せる。

「ちょっと前までここから、母乳が出てたんだよなぁ」

「い、あぁっ」

ちゅうっと強く吸い上げられて、びくびくと腰が震えた。

「も、出ない、から……っ」

男性のΩで母乳が出るかどうかは個人差があるらしいが、冬弥は出るほうだったのだ。今はもう出ないけれど、セックスの最中にキルクスに飲まれたことも一度や二度ではない。

お腹《なか》を壊《こわ》すからと言ったのに、それも治癒魔法《ちゆまほう》のせいなのか、むしろ体調がいいなんて言われて困ったものだ。

「あ……ぁっ」

舌の先でぐりぐりと押し潰《つぶ》されたかと思うと、今度は逆側を摘《つ》まれて声がこぼれた。

「あぁっ」

いつの間にか下肢《かし》に伸《の》びていた手が、冬弥のものに触れる。

そこはすっかり硬《かた》くなっていた。さらにその下がとろとろと濡《ぬ》れ始めていることにも、同時に気づかされる。

まだ胸を弄《いじ》られただけなのに……。羞恥《しゅうち》に頬が熱くなる。

「一度イッとくか？」

「ん……あ…、あんっ……」

ゆっくりと上下に扱《しご》かれて、膝《ひざ》を擦《こす》り合わせる。けれど……。

「それとも、こっちでイクか？」

「んぅっ」

強引《ごういん》に太股《ふともも》の間に手を入れられて、とろとろに濡れた場所に、指が触れる。

「は、ふ、あっ、あぁ……っ」

くちゅくちゅと表面を泡立《あわだ》てようとするみたいに指で混ぜられて、そこがぱくぱくと何かを求めるように開閉してしまう。

「あ、なかっ……も…中に……っ、ほしぃ……」

こんなことを自分から言うのは、今でも恥《は》ずかしい。けれど、キルクスに触れられるとダメなのだ。奥を満たして欲しくて、たまらなくなる。

「……すぐ入れてやる」

ようやくキルクスの手が離れた。そのまま一旦《いったん》体を離すと、冬弥をベッドに俯《うつぶ》せにさせて、腹の下に枕《まくら》を入れ、腰を上げさせる。

まるでねだっているような体勢だ。尻《しり》に触れた手で左右に割り開かれると、腿《もも》の間をとろりと愛液が伝い落ちる。

濡れそぼった場所に、指とは違《ちが》う、やわらかいものが触れた。

「あ、あ……だめ……っ」

それが何かすぐに気づいて、冬弥は頭《かぶり》を振《ふ》る。

「汚《きたな》い、からぁ……っ」

それは、キルクスの舌だった。

ゆっくりと中に入り込み、いやらしい音を立てて抜き差しされる。

「や、ん……抜いて……キルクス…っ」

だめだと思うのに、キルクスはやめようとしない。それどころか指で入り口を押さえて更《さら》に奥へと潜《もぐ》り込ませてきた。

舐《な》められているのはほんの入り口だけで、気持ちのいい場所には届いていないはずなのに、膝が震えて崩《くず》れそうになる。

中からどんどんつゆが溢《あふ》れて、音を立ててすすられると恥ずかしさで涙《なみだ》がこぼれた。

「も、やだって……んっ、いじわる、しないで……ぇ」

涙声で言うと、ようやく舌が抜《ぬ》き出されて、冬弥はほっと息を吐《は》く。

「ったく、あんまり煽《あお》ってくれるなよ」

「あっ、あぁっ」

濡れた場所に、ずぶりと指が入ってきた。おそらく二本は入っているだろう。けれど、痛みはない。濡れた場所は硬い指をあっさりと呑《の》み込み、それどころかもっとと強請《ねだ》るように締《し》めつける。

「あ……ぁん……っ」

何度も抜き差しをされて、ついに膝が崩れた。一度指が抜け、けれどすぐに本数を増やして戻ってくる。抜き差しされるたびにぐちゅぐちゅと濡れた音がして、自分がどれだけキルクスを欲しがっているのか思い知らされるようだった。

けれど、これでは足りない。もっと、大きくて、熱いもので中をいっぱいにして欲しい。

奥まで満たされたい。

「キルクス……っ」

「どうした？」

「も…っ、い、から……はや、く……っ」

「欲しいのか？」

冬弥は首をねじるようにうしろを向いて、こくこくと頷いた。

「お願い……俺の中、いっぱいに、して……っ」

「――ああ、たっぷり注いでやる」

そう口にした途端《とたん》に指が抜かれ、熱いものが押し当てられる。

「あっ、あ…ああ…っ！」

「っ……」

指とは比べものにならない質量と、熱。中を埋《う》められる感覚に、びくびくと体が震《ふる》え、冬弥は一度絶頂を迎《むか》えた。

だが枕に押しつけるようにしているものからは先走りがこぼれるだけで、それ自体はまだ硬《こう》度《ど》を保っている。

まだ、入れられただけなのに……。

中だけでイッてしまったのだと気づくのに時間はかからなかった。

しかし、余韻《よいん》に浸《ひた》る暇《ひま》はない。

「ひ、あっ、んっ…待って！　あっ、今、だめ…っ、まだイッてる…イッてるからぁ……っ」

背後から覆《おお》い被《かぶ》さられ、すぐに激しい抜き差しが始まった。冬弥はあまりの快感に頭を振ったけれど、キルクスの動きは止まらない。

肌のぶつかる音と水音がひっきりなしにして、ただただ快感に震えることしかできない。

「一度、出していいか？」

耳元で囁《ささや》かれた、情欲にまみれた声。それだけでまたイキそうになる。

「んっ、だ、出して……っ」

それで少しだけでも休ませて欲しい。

「ああ……っ」

キルクスが冬弥の体を抱《だ》き上げて、背面座位の体勢になる。下から強く突《つ》き上げられて冬弥はのけぞるように悲鳴を上げた。

「あ、んっ、奥…だめ……っ」

膝裏を持ち上げられて、激しく奥を攻《せ》め立てられる。

気持ちのいいところを押し潰すみたいに、激しく揺《ゆ》さぶられている。気持ちがよすぎて、頭がおかしくなりそうだった。

そうして、一番奥でキルクスが欲望を吐き出したとき、その刺激《しげき》で冬弥はまたイッてしまった。

「搾《しぼ》り取ろうとしてくるな……」

掠《かす》れた声でそう言って、項《うなじ》を甘噛《あまが》みされる。

番《つがい》の証《あかし》のある場所を噛《か》まれると、ぞわぞわと背筋が震え、ますます中を締めつけてしまう。

少しずつ、キルクスの物が中で大きく、硬くなっていくのがわかる。

自分が中で育ててしまっているのだと思うと、浅ましさを突きつけられるようで恥ずかしいけれど、同時にキルクスに欲しがられているのだと強く感じて、胸がいっぱいになる。

「そろそろいいか？」

「あ……っ」

ゆっくりと体を揺すられて、同時に背後から伸びてきた指が、先ほど散々弄られた乳首《ちくび》に触《ふ》れた。

指がそこを弄ると、まるで連動しているみたいに中を締めつけてしまう。

「あ、あ、あっ」

真っ赤に尖《とが》ったそれを弄られながら揺さぶられて、冬弥は指から逃《のが》れようとするように前屈《まえかが》みになる。

すると、キルクスはそんな冬弥から一度自身を抜き出して、仰向《あおむ》けにさせた。

「あぁ――――……っ」

両足を持ち上げられて、もう一度深い場所まで埋められる。

ゆっくりと、深い場所を攻めながらキスされる。中を突かれるとどうしても息が上がってしまうから、キスは息苦しくて辛《つら》い。なのに、もっと欲しくなってしまう。

離《はな》れていこうとしたキルクスの頬《ほお》を両手で包む。

「キルクス……もっと…キス、して……?」

キルクスが目を見開き、小さく舌打ちをした。

「あんまり可愛《かわい》いこと言われると、めちゃくちゃにしたくなるだろうが」

ひどい反応だと思ったけれど、すぐに唇《くちびる》が重なる。

絞《しぼ》り出すような、少し怒《おこ》ったような声だったが、触れる手も、キスもやさしい。

「ん……いいよ」

気づくと、冬弥はそう口にしていた。

「めちゃくちゃにして、いいよ……」

それでも、キルクスが最終的なところで自分を傷つけたりしないと、わかっている。

「……覚悟《かくご》しとけよ」

キルクスが唸《うな》るようにそう言って、体を起こした。

「ん……あぁ！」

パン、と音がするくらい激しく腰《こし》を打ちつけられて、びくんと体が震える。衝撃《しょうげき》に中をきゅっと締めつけたせいで、抜き出されるときの快感が強くなった。

「あっ、あっあっあぁっ……！」

何度も何度も激しく腰を打ちつけられて、押し出されるみたいに濡《ぬ》れ声がこぼれる。

頼《たよ》りなく揺れていた足はいつの間にかシーツに下ろされて、腰を摑《つか》まれて揺さぶられた。

「あっ、お、くっ、奥、気もちぃ……っ」

冬弥は半ば無意識にその足をキルクスの腰に絡《から》めた。深いところに来て欲しいと誘《さそ》い込むように。

「あ、ああっ、あぁ……っ」

キルクスの硬《かた》い腹筋に、自分のものが擦《こす》れて、そんなことからも感じてしまう。

「中、出して…っ、キルクスの……いっぱい、俺の、中……っ」

ぐ、と喉《のど》の奥で唸るような声がして、奥を突くスピードが上がる。

「冬弥……っ」

名前を呼ばれると、体が震えた。

「あっあっあ――――……っ」

ぐっと奥まで入り込んだものが、深い場所を濡らす。その刺激で冬弥もまた、絶頂に達していた。

どろりと白濁《はくだく》が自分とキルクスの腹を汚《よご》している。

けれど、冬弥が荒《あら》い息をこぼしている間にキルクスのものは勢いを取り戻《もど》し、今度は抱き上げられて下から突き上げられる。

「ん、あっあぁっ、ああっ」

冬弥は縋《すが》るようにキルクスに抱きついた。イッたばかりで敏感《びんかん》になっている粘膜《ねんまく》を擦られて、腰から下はもう力が入らない。

揺さぶられながら、どろどろに溶《と》かされていくような気がした……。


目が覚めると、目の前にキルクスの寝顔《ねがお》があった。

「…………」

それは、少しだけ珍《めずら》しいことで、冬弥はキルクスを起こさないようにそっと起き上がる。

少し疲労《ひろう》が残っていたけれど、体の痛みなどはない。別に冬弥の体が頑健《がんけん》だということではなく、体内を巡《めぐ》る治癒《ちゆ》魔法《まほう》のせいである。その効果は抱いているキルクスの側にも出てしまうため、少し厄介《やっかい》な話でもあるのだが……まぁ体が楽なのに越《こ》したことはない。

『めちゃくちゃにして、いいよ……』

「うっ……」

唐突《とうとつ》に、自分が昨夜口にした言葉が脳裏《のうり》に蘇《よみがえ》ってきて、冬弥は頭を抱《かか》える。

こうして朝の光の中で正気に戻ると、本当に自分でも何を言っているのかと思う。

でも……。

上機嫌《じょうきげん》で自分を抱き上げていたキルクスを思い出すと、なんだかそんなことも言ってみたくなったのだ。

キルクスはずっと、二人の時間を望んでくれていたのかもしれないと、思ったから。

自分はそれほど不満に感じていなかったし、キルクスも表に出すようなことはなかったから気づかなかったけれど。

もし我慢《がまん》させていたなら申し訳ない気もするし、それを見せないでいてくれたことはうれしい。それは、間違《まちが》いなく自分とオルカに対する愛情だから……。

「海賊《かいぞく》のくせに……」

略奪《りゃくだつ》を生業《なりわい》としながら、キルクスは冬弥には与《あた》えてばかりだ。

居場所も、オルカも、愛情も。

キルクスのくれたものが、自分の中をいっぱいにしている。

ウェナティクス号を離れてオルカを産んで、船に戻って……それでもまだ自分は海賊という仕事を本当には認められていない。

自分だけが手を汚さずにいることも、苦しい。

けれど、それでも……。

「――――好きだよ」

囁《ささや》いて、そっとその額にキスをする。

この気持ちだけはもう、どうしようもない。番だからではなく、オルカの父親だからでもなく、キルクスという人間を好きになってしまった。

なにもかもを受け入れるには、まだきっと時間がかかるだろう。

それでも……。

「俺の家族が、お前でよかった」

冬弥は呟《つぶや》いて、静かに微笑《ほほえ》んだ。

あとがき

はじめまして、こんにちは。天野《あまの》かづきです。この本をお手にとってくださって、ありがとうございます。

朝夕は肌寒《はだざむ》い日も増えてきましたが、皆様《みなさま》ご健勝でしょうか。今年はなんだか、一年がとても早く過ぎていくような、そんな気がしています。別に原稿《げんこう》が遅《おく》れている言い訳ではないです。本当です。本当です。

今回は前作『海賊のツガイ』の続編です。突然《とつぜん》異世界にとばされたあげく、海賊《かいぞく》船の船長であるα《アルファ》、キルクスの番《つがい》にされてしまったΩ《オメガ》の冬弥《とうや》。紆余曲折《うよきょくせつ》ののち、気持ちの通じ合った二人のその後のお話となっています。

前作を書いている時点で、続編を書かせていただけることが決まっていたので、あえてあまり触《ふ》れなかった点なども、今回で補完できたのではないかなと思います。少しでも楽しんでいただければ幸いです。

前回に引き続き、イラストは蓮川愛《はすかわあい》先生が引き受けてくださいました。表紙がとっても爽《さわ》やかで、前回とはまた違《ちが》った趣《おもむき》が素《す》敵《てき》でした。モノクロイラストのほうは、キルクスと冬弥はもちろんなのですが、小さな子たちがめちゃくちゃかわいくて、一人でにこにこしてしまいました。本当にありがとうございます。

さて、少しだけお知らせもさせてください。
現在、雑誌「エメラルド」では陸裕千景子《りくゆうちかこ》先生が『蛇神様と千年の恋』のコミカライズをしてくださっています。二〇二〇年十二月二十八日発売予定「エメラルド冬の号」掲載《けいさい》の二話カラー扉《とびら》を拝見したのですが、ミニキャラの月白《つきしろ》と桔梗《ききょう》がめちゃくちゃかわいかったです。是非《ぜひ》、こちらも読んでいただけたらうれしいです。原作もよかったら、よろしくお願いします。

また、担当の相澤さんには、いつもながら大変お世話になりました。本当にありがとうございます。今後ともよろしくお願いします。
最後になりましたが、前巻に引き続き、この本を手にとってくださった皆様、本当にありがとうございました。この本から読んでいるという方は、あまりいないと思うのですが、もしいらしたら、前巻もよろしくお願いします。

　いろいろなことが、少しずつ落ち着いてきている気はしますが、これまで通りになることはまだ難しそうな世の中です。心が疲《つか》れてしまうこともあると思いますが、この本を読んで、少しでも楽しい気持ちになっていただけたらうれしいです。

　これから寒さも厳しくなっていくと思いますので、お体にはくれぐれもお気をつけ下さい。皆様のご健康とご多幸をお祈《いの》りしております。

二〇二〇年　十一月

天野かづき

KADOKAWA RUBY BUNKO

海賊《かいぞく》のツガイ２

天野《あまの》かづき

角川ルビー文庫　22488

2021年1月1日　初版発行

発 行 者——青柳昌行
発　　行——株式会社KADOKAWA
〒102-8177　東京都千代田区富士見2-13-3
電話 0570-002-301（ナビダイヤル）
編集企画——IPクリエイション事業本部　エメラルド編集部
印 刷 所——株式会社暁印刷
製 本 所——株式会社ビルディング・ブックセンター
装 幀 者——鈴木洋介

●お問い合わせ
https://www.kadokawa.co.jp/（「お問い合わせ」へお進みください）
※内容によっては、お答えできない場合があります。
※サポートは日本国内のみとさせていただきます。
※Japanese text only

ISBN978-4-04-109805-9　C0193　定価はカバーに表示してあります。

◇◇◇

攻略対象者の溺愛
攻略対象者の溺愛
天野かづき
illustration 蓮川愛
ヒロインを退治して、攻略対象者をモブが攻略!?
乙女ゲームの悪役令嬢の兄《あくやくれいじょうのあに》に転生!?
これってBLエロゲではなかったはずだけど??????
悪役令嬢の兄として、生前自らが手がけた乙女ゲームに転生してしまったアルレイン。ゲーム通りに一家断罪されないため、妹を超良い子に矯正し、攻略対象者の義弟・ユイシスのことも可愛がってきた。ところが近頃ユイシスの様子がおかしくて…!?
大好評発売中!
角川ルビー文庫
KADOKAWA

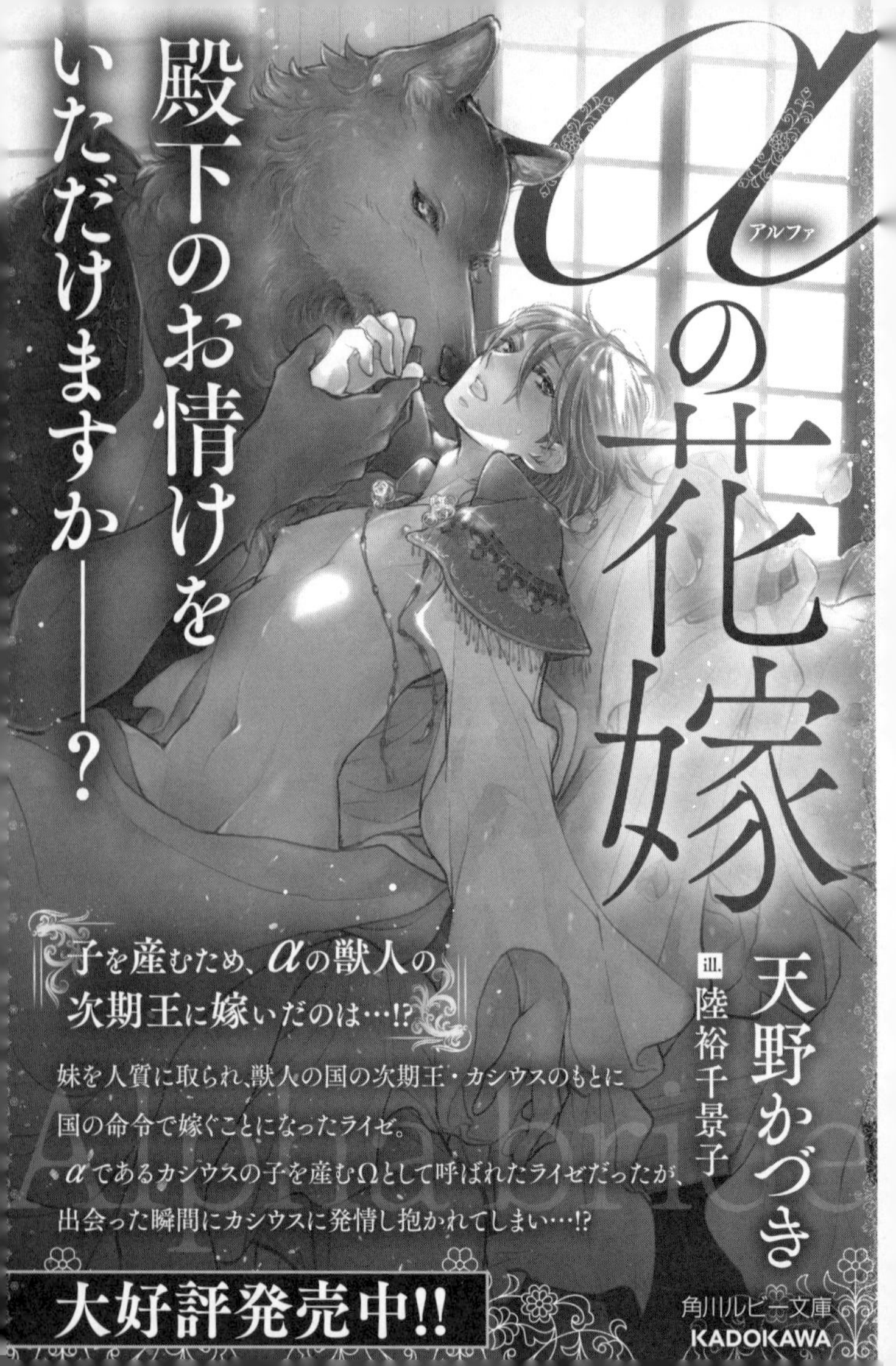
α《アルファ》の花嫁
天野かづき
ill. 陸裕千景子
殿下のお情けをいただけますか——?
子を産むため、αの獣人の次期王に嫁いだのは…!?
妹を人質に取られ、獣人の国の次期王・カシウスのもとに国の命令で嫁ぐことになったライゼ。
αであるカシウスの子を産むΩとして呼ばれたライゼだったが、出会った瞬間にカシウスに発情し抱かれてしまい…!?
大好評発売中!!
角川ルビー文庫
KADOKAWA